# マーシイ

TONI MORRISON COLLECTION

トニ・モリスン
大社淑子＝訳

早川書房

# マーシイ

A MERCY
by
Toni Morrison

Translated by
Yoshiko Okoso
First published 2010 in Japan by
Hayakawa Publishing, Inc.
This book is published in Japan by
arrangement with
International Creative Management, Inc.
through Tuttle-Mori Agency, Inc., Tokyo.

---

装幀／坂川事務所
オブジェ制作／三ツ橋渡郎

R・Gへ。
何十年にもわたる機知と
洞察と知性に感謝して。

怖がらないで。わたしの話を聞いたって害はないはずよ。わたしがやったことは別だけど。これからはおとなしく暗がりに寝てるって約束するわ。たぶん泣きながら。でなきゃ、ときどきもう一度血を見ながら。でも、わたしは二度と手足を広げて立ち上がり、歯を剝《む》きはしない。説明してあげる。お望みならわたしが打ち明け話をしてると考えてもいいけど、それは夢のなかにだけ、薬缶《やかん》から立ちのぼる湯気のなかに犬の横顔が揺らいでるような気がする間だけに湧いてくるなじみ深い好奇心でいっぱいの話なの。または、棚の上に載っていたトウモロコシの皮人形が、あっという間に部屋の隅にぶざまにころがってしまうときだけに。どうしてそこに行ったのか、その悪さ加減は明らか。いろんなところで、もっとオカシなことが始終起こってる。でしょ。あなたにわかってるってことは、わかってる。一つの問題は誰のせいかってこと。もう一つは、あなたにこれが読めるかってこと。雌鳥が卵を抱くのを嫌がったら、わたしにはすぐその意味がわかるし、確かにあの夜、ミーニャ・マンイが小さな息子の手をしっかりつかんで立っていたのが見える。エプロンのポケットからはわたしの靴が突き出ている。ほかの徴《しるし》を理解するにはもっと時間がいる。徴が多すぎたり、明るい予兆がにわかにかき曇るのはよくあることだ。わたしはそういう徴を選り分けて、思い出そうとするけど、たくさん見落としているのはわかってる。庭蛇が死に場所を探してドアの枠の上まで這い上がってるわけを読み損なったときみたいに。確実にわかってることだけを話すわね。

はじめは靴ではじまる。子供のとき、わたしは裸足で歩きまわるのが嫌で、いつも靴をねだってた。誰の靴でもいい。一年でいちばん暑い日でも。母さんのミーニャ・マンイは顔をしかめて、お洒落病って母さんが言うわたしの癖に怒っていた。悪い女だけがハイヒールをはくんだよ。お前は危険で、手のつけられない子になりそうだね、って母は言う。でもおしまいには折れて、セニョーラの家の連中が捨てた靴をはかせてくれた。足先が尖っていて、高いヒールの一方はこわれ、もう一方はすり減っていて、上にバックルがついている。その結果、リナに言わせると、わたしの足は役立たずで、生きていくにはいつだって柔らかすぎ、生きるために必要な、革より固い強い足底にはならないのだそうだ。リナの言う通りだ。フロレンス、いまは一六九〇年だよ、ってリナは言う。あんたのほかに誰が、手は奴隷のように固いくせに、ポルトガルのお姫さまみたいな足をしてるっていうの？　そういうわけで、わたしがあなたを探しに出発するとき、リナとマダムがわたしに旦那様《サー》のブーツをくれた。男性用の、女の子には向かない靴を。二人は乾し草と油気のあるトウモロコシの穂を詰めてくれ、手紙はストッキングのなかに隠しなさい、と言う。封蠟《ふうろう》がむずむずしたって気にしなさんな。わたしは字が読めるけど、マダムの手紙は読まない。リナとソローは字が読めないの。でもわたしは、止めようとする人に言わなくちゃいけないことはわかってる。

二つの心配事がごちゃごちゃして、頭がぐらぐらする。あなたに会いたくてたまらない気持ちと、道に迷ったらどうしようという怖れ。この使いほど怖いものはないし、これほどやりたい使いもない。あなたが姿を消してから、わたしは夢を見、計画を練っている。あなたの居場所を突き止め、どうやってそこに行くか。ブナやシロマツの林を抜ける小道を横切って走って行きたいけど、どっちの道に行けばいいか迷ってしまう。誰が教えてくれるの？　この農場とあなたとの間の荒野には、どんな人が住んでるの？　その人たちはわたしを助けてくれるの？　ひどい目に遭わせるの？　谷に住むブヨブヨのクマは？　覚えてる？　連中があのクマの生皮を剝がすとき、どんなだったか？　皮の下には何もないみたい。その臭いときたら、クマの美しさとは似ても似つかず、目は、わたしたちも同類の獣だったときからわたしたちを知ってるって言うような。だから、クマの目を見ると致命傷になるって、あなたは言う。クマは近づいて、好きよ、いっしょに遊ぼうって走ってくる。それを、わたしたちは誤解して、クマに怒りと恐怖を返すんだって。リナが言うには、雌牛より大きな巨鳥もあそこに巣をかけるし、現地の人たちみんなが彼女のように親切じゃないから、気をつけなきゃいけないって。近所の人たちは、リナを祈る未開人と呼ぶ。昔は教会に行ったのに、毎日体を洗うからだって。クリスチャンはそんなことしないから。彼女は服の下に明るい青のビーズをつけていて、月がまだ小さくて最初の光が射すとき、ひそかに踊る。愛らしいクマや雌牛より大きい鳥は怖いけど、わたしはそれより道のない夜のほうが怖

一

い。暗闇のなかで、どうやってあなたを見つけることができるの？ って思う。さて、ついに道らしいものが見える。わたしには使命がある。いろいろ取り決めたのだ。わたしはあなたの口を見て、指で下になぞるだろう。あなたはもう一度わたしの髪のなかにあごを載せ、その間わたしはあなたの肩に口をつけて息をする。吸っては吐き、吸っては吐く。世界が二人のために開きかけているのは嬉しいけれど、その新しさに心が震える。あなたのところに行くために、わたしは知ってる唯一の家、わずかばかりの知ってる人々のもとを去らなければならない。わたしがここに連れてこられたとき、リナはわたしの歯を見て、たぶん七つか八つね、って言った。そのときから野生のプラムを煮てジャムとケーキを八回作ったから、わたしは十六歳になってるにちがいない。ここに来る前、わたしは毎日、オクラを摘み、タバコ小屋の掃除をした。夜はミーニャ・マンイと料理小屋の床の上に寝た。わたしたちは洗礼を受けてるから、命が終われば幸せになれるそうだ。神父様がそう言う。毎週一度わたしたちは読み書きを教わる。わたしたちは農場を出てはいけないと言われている。だから、わたしたち四人は沼地のそばに隠れる。母さんとわたし、母さんの小さな男の子と神父様。神父様はこんなことしてはいけないと言われてるけど、彼を捕まえたがってる悪いヴァージニアの人たちやプロテスタントが来はしないか見張りながら、とにかくわたしたちに教えてくれる。捕まったら、神父様は刑務所に入るか、罰金を払うか、またはその両方をしなければならないだろう。彼は本を二冊と石板を持っている。わたしたちには砂の上に書くための棒や、なめらかで平たい岩の上に言葉を綴《つづ》るための小石がある。文字を記憶するとき、わたしたちは言葉全部を書く。わたしは母さんより覚えが早い。赤ちゃん坊やは全然だめは告解だ。わたしはコンマも全部入れて、記憶からニカイア信経をとても早く書くことができる。告解は話すもので、わたしがいまやってるように書くものではない。わたしはこれまでにそういうものをみんな忘れた。話すほうがいい。リナも話すし、石も語る。ソローでさえ話す。いちばんいいのはあなたの話。最初ここに連れて来られたとき、わたしは一言も喋らなかった。ここで聞く言葉はみんな、ミーニャ・マンイやわたしが使う言葉とは全然違う。リナの言葉はわたしが知ってることは何一つ喋らない。マダムの言葉も同じ。ゆっくりと、ちょっとした言葉が口にのぼってくるようになったから、もう石の上で話さなくてもいい。わたしが石の上に立って話をした場所は、サーがビジネスをしたメアリの土地だと、リナは言う。だとすれば、母さんと赤ちゃん坊やが埋められるのはそこだ。二人が安らかに眠ろうという気になったらの話だけど。料理小屋の床の上で彼らといっしょに眠るのは、壊れた橇《そり》のなかでリナといっしょに眠るほどすてきじゃない。寒いときには、牛小屋のわたしたちが寝る側の周囲を板で囲い、獣の皮の下で抱きあって寝る。雌牛の糞の臭いはしない。糞は凍ってるし、わたしたちは毛皮の奥深くもぐりこんでるからだ。夏、わたしたちのハンモックが蚊の群れに襲われると、リナは木の枝から離れたところに涼しい寝場所を作る。ハンモックはどうしても好きになれないし、雨のときでも地面のほうがいい。雨になると、サーが倉庫のなかで寝させてくれる。ソローはもう暖炉のそばでは眠らない。手伝いの男たち、つまりウィルとスカリは絶対にここには泊まらない。彼らの主人が許さないからだ。あの人たちを覚えてる？　あの人たちは、サーが強制するまで、あなたからは命令を受けようとはしなかったことを。サーが強制できたのは、サーから借りてる土地との交換で手伝いに来ていたからだ。サーは与えないで受け取るだけの利口なやり方をなさる、とリナは言う。それは本当だ。いつだって、永久に、その通りなんだから。わたしはじっと見つめ、母さんは赤ちゃん坊やを腰にのせて耳をすます。セニョールはサーに借りている全額を払おうとはしない。サーは、金の代わりにその女と女の子をもらって行こう、赤ちゃん坊やは要らないよ、そうすれば借金は帳消しにしてやる、と言っている。ミーニャ・マンイは、困りますと言う。赤ちゃん坊やはまだ彼女の胸に取りついたままだ。女の子を連れていってください、と彼女は言う。わたしの娘です。わたし、わたし。サーは同意して、借金の残額を書きかえる。乾かすため、タバコの葉を吊す作業が終わるとすぐ、神父様がわたしをフェリーに乗せ、それからケッチ（二本のマストに縦帆を張った沿岸貿易船）に、それから大きい船に乗せ、本と食物の箱の間にわたしをしっかり包みこむ。二日目は体が痛いほど寒くなり、とても薄いけどマントを着てきてよかったとわたしは思う。船の上で神父様は、ちょっと他の場所に行ってくるけど、いまいる場所を絶対に動くんじゃないよ、とわたしに言う。すると、一人の女の人がわたしのところに来て、立ちなさいと言う。わたしが立ち上がると、女の人はわたしの肩からマントを外す。それから木靴も取りあげて、行ってしまう。神父様は帰ってきて事件のいきさつを知ると、顔をピンクに染める。その女が誰で、どこに行ったか、大急ぎで訊いてまわるが、答えはない。とうとう彼は、あたりにころがっているボロ、つまり裂けた帆布の切れ端でわたしの足をくるんでくれる。いまわたしには少しずつ、セニョールのところにいたときとは違い、ここでは司祭様は嫌われていることがわかってくる。神父様が助けてほしいと言うと、一人の船員は海に唾を吐く。神父様はわたしがこれまでに会ったなかで、たった一人の親切な人だ。ここに着いたとき、用心しなさいと彼が注意したのは、ここなんだ、とわたしは思う。地獄の氷のように冷たい風が吹き、そのあと罪人たちがぐらぐら煮られ、肌を焼かれる永遠の火が現われるんだそうだ。でも、氷が真っ先にやってくる、と彼は言う。だから、氷の刃が家や木々から垂れ下がっているのを見、白い風が顔を刺すのを感じて、わたしは確かに火が押し寄せてくるのだろうと思う。そのときリナがわたしを見てほほえみ、暖かくわたしを包んでくれる。マダムは顔をそむけ、ソローもわたしを見るのがつらそうだ。まるでハチがうるさいと言わんばかりに顔の前で手を振り動かす。彼女はいつも変だ。リナは、また妊娠してるからよ、と言う。父親はまだわからず、ソローも言おうとはしない。ウィルとスカリは笑って、ぼくらじゃないよ、と言う。リナはサーの子だと信じている。そう考えるわけがあるのだそうな。どんなわけ？　と訊くと、彼は男だから、と言う。マダムは何も言わない。わたしも言わない。でも心配だ。わたしたちの仕事が増えるからではなくて、貪欲な赤んぼに乳を飲ませる母親というものが怖いのだ。彼女たちがこうと決めると、どんな目をするか、わたしにはわかっている。どういう風に目を上げて、じっとわたしを見つめるか。何かわたしには聞こえないことをつぶやきながら。わたしには重要なことを言ってるのだけれど、幼い少年の手は握ったままだ。

男は波のなかを進み、注意深く小石や砂の上を岸まで歩いていく。植物の匂いのする大西洋の霧が湾をすっぽり覆い、そのため足は思ったように進まない。ブーツが水を撥ね返すのは見えるが、靴も手も濡れてはいない。ようやく波間を抜けて、足の裏が泥のなかにめりこんだとき、彼は振り向いてスループ帆船の船員たちに手を振った。だが、マストが霧のなかに隠れたので、船は錨を下ろしたままなのか、あえて帆を上げ、沖に出ないようにして埠頭やドックのありかをめざしたのかはわからなかった。歩いていけるので、おなじみのイギリスの霧や、いま住んでいるはるか北の霧とは違う。この霧は太陽に灼《や》かれ、周囲の世界を厚く熱い金色に変える。そのなかを突き進むのは、夢のなかをもがき進むのに似ていた。泥が沼地の草に変わってきたとき、彼は左に曲がり、おそるおそる足を踏み出した。すると、まもなく村に続く海岸に通じる木の板につまずいた。自分の息と足音のほか、あたりはしんとして物音ひとつしない。オークの木立のところまで来ると、ようやく霧がゆらめき、切れてきた。それで、歩調は早まり、足取りもしっかりしてきたが、いま通り抜けてきた一寸《いっすん》先も見えない金色の霧がなつかしくなった。

彼はしだいに自信を強めながら進んでいき、やがて二つの川辺の大農園にはさまれて眠る、いまにも崩れおちそうな村に着いた。そこで、手形にジェイコブ・ヴァークと署名すれば前金なしで馬を貸してくれるよう、馬丁《ばてい》を説得した。鞍の作りはお粗末だったが、レジャイナはみごとな馬だった。馬に乗るとずっと気分がよくなったので、彼は海岸沿いの道を気楽に少し速すぎるほどの歩調で馬を走らせ、レナペイの旧道に入った。このあたりでは用心しなければならない理由があったので、彼はレジャイナの歩調をゆるめた。ここの住民は友好的か敵か、確かではなかったからだ。六年前、自由民、奴隷、年期奉公人から成る黒人、ネイティヴ・アメリカン、白人、ムラトの軍隊が、この地域のジェントルマン階級のメンバーが率いる同階級の人々に戦争をしかけたことがあった。その「人民の戦争」が希望を断たれて、絞首吏の手にゆだねられると、その結果、敵対部族の虐殺、南北カロライナ州にあった彼らの土地の没収などが行なわれ、秩序を守るという口実で、混乱状態も辞さない新法の藪が生まれた。黒人にかぎって奴隷解放、集会、旅行、武器の携行が禁止され、理由を問わず、いかなる黒人であろうと殺す権利が白人全員に与えられた。また、奴隷の死亡や重度の怪我については所有者に補償金を与えることにより、当局はすべての白人を他のすべての人種から永遠に引き離して保護した。それ以前、また、反乱の間でさえ、ジェントルマン階級と労働者の間に築かれていた友好的な雰囲気は、ジェントルマン階級の利益を守るハンマーの一撃であえなく潰《つい》えさった。ジェイコブ・ヴァークの意見によれば、これらの施策は共通の美徳とは言わないまでも、共通の大義の代わりに、残酷な行為を奨励する無法の法だった。

端的に言えば、一六八二年のヴァージニアはまだ混乱状態にあった。いったい誰が、神と王と土地に対して挑んだ戦いを維持していけようか。肌の色からすると彼は比較的安全とはいえ、一人旅は用心しなければならなかった。彼は奥地の水路の上を飛ぶガンのほか連れもなく、何時間も騎馬旅行ができることはわかっていたが、伐《き》り倒された木々の後ろからピストルを持った飢えた戦線離脱者が突然出てきたり、逃亡者の家族が窪地にひそんでいたりするかもしれず、あるいは武装した重罪犯人が脅しをかけてくる可能性もあった。彼は数種類の正金を携行していたし、ナイフ一本しか持っていなかったので、いい餌《えさ》だった。この植民地を早く抜けて、これほど物騒ではないが個人的にはあまり好きではない地域に入ろうと、ジェイコブは雌馬の足を速めさせた。

二度馬を降りたが、二度目は木の裂け目に挟まれた若いアライグマの血を流している後ろ足を放してやるためだった。彼がおびえた動物の爪と歯を避けながら、できるだけやさしく獣を助け出そうとしている間、レジャイナは道端の草を食《は》んでいた。彼が救出に成功するやいなや、アライグマは片足を引きずりながら走りさった。おそらくは、子供を置き去りにするしか打つ手がなかった母親のもとへ。だが、別の毒牙にかかる可能性のほうが高そうだった。

早駈けで進んでいくと、ひどく汗をかいた。そのため、目には塩が入り、髪は両肩にべっとり貼りついた。すでに十月に入っていたのに、レジャイナも濡れるほど汗をかき、荒い息をついている。ここには冬がないんだな、と彼は考えた。バルバドスに行ってもよかったんだが。バルバドスの暑さはここよりずっと体に応えるという噂を聞いたことはあったものの、一度はそこへ行こうと考えたことがあったのだ。しかし、何年も前の話で、決心というものは、それをもとに行動できなければ無に等しい。一度も会ったことはなかったが、彼を捨てた一族の叔父が死んで、百二十エーカーの先取特権のない荘園を遺《のこ》してくれた。そこはずっと好ましい気候のところで、四季がはっきりしていた。いままでのところ、暑くてブヨが群れているこの霧のなかでも彼の上機嫌はいささかも湿りはしなかった。三回船を乗り替えて三つの異なる河系の川を長い間航海し、いままたレナペイ街道をたどるこの困難な騎馬旅行をしていながら、彼は旅行を楽しんでいた。無気味なほど未開で誘惑的なこの新世界の空気を呼吸していてさえ、彼の活力が弱まることはなかった。ひとたび入江の暖かい金色の霧を抜けると、ノアの時代以来人の手が触れたことのない森が見えてきた。海岸線は涙が出るほど美しく、野生の果物は取り放題だ。どの地点でも容易に収益があがるという「会社」の嘘には驚きもしなければ、落胆もしなかった。彼を惹きつけたのは、事実、困難と冒険だった。これまでの彼の全人生は、対決と危険と宥和《ゆうわ》の混合だった。いま、ここに彼がいる。みすぼらしい孤児から身を立て、場所とも言えない荒野に居場所を作り、未開の生活をほどほどの暮らしに変えて地主になった男。自分の行く道に何が待ちかまえているか、誰がどんな意図を持って近づいてくるかは全然知らずに、彼は人生を楽しんでいた。頭のめぐりが早い人間で、大小にかかわらず、危機に遭遇して発明の才やすばやい行動を必要とするときには、喜びで顔を輝かす。粗末な鞍の上で体を揺らせながら、彼はすばやく周囲に視線をめぐらせる間も、前方に顔を向けていた。数年前から彼は、あたりの景色に親しんできた。そこがまだ旧スウェーデン領だった頃にも来たし、その後「会社」の代理人として再びここを訪れた。さらにもっと後になってオランダが支配権を握ったときにも来た。例の争いの間も以後も、誰がここ、またはあそこの土地の、ここまたはあそこの居留地の所有権を主張しているのかを知っても大した意味はなかった。そもそもそこの土地はすべてネイティヴ・アメリカンの所有物だったのだが、特定の部族を別にすると、年によって、ある土地区分については、教会が所有権を主張したり、「会社」の支配下になったり、あるいは、王族が息子か寵臣への贈り物にした結果、私有財産になったりした。土地の所有権はつねに流動的だったので、彼は売買証の記録以外、町や交易市場の新旧の名前にはほとんど注意を払わなかった。フォート・オレンジ、ケイプ・ヘンリー、ニューアムステルダム、ウィルトウィック。彼自身の地理によると、いま彼はレナペイ街道を通り、チェサピーク経由で、アルゴンキンからサスケハナまで移動していることになる。町の寿命より亀の寿命のほうが長いのだ。ジェイコブは船でサウス川をくだって、チェサピーク湾に入り、そこで船を降り、村を見つけて、馬でネイティヴ・アメリカンの道をたどりたいと交渉したのだった。彼らのトウモロコシ畑に注意を払い、用心して彼らの狩り場を抜け、ここの小さな村、あの大きい村に入る許可を礼儀正しく求めたのだ。特定の川で馬に水を飲ませ、松林に接する沼地に入るのを避けた。見たことのある丘の斜面、オークの低林、打ち棄てられた洞窟、突然襲ってくる松の樹液の匂いを認めたが、そうしたものすべてが貴重どころではなく必要不可欠だった。このような特別な地域に入ってきたものの、ジェイコブは自分が沼地を囲む松林を抜けて、ついにメアリの土地に入ったということがわかっていただけだった。当時、そこは王の所有地だった。全土が。

この私有地に入るといろんな感情がせめぎあったが、いずれも支配的にはならなかった。南北に走る海岸沿いの植民地はたえず争点となり、所有権をめぐって戦争が行なわれ、定期的に名前が変わった。そして、交易はどの民族であれ勝者となった民族に限られたが、こうした植民地とは違って、メリーランド地方は外国市場との交易を許可していた。農園主には都合がよく、商人たちにはさらによく、ブローカーにとっては最適だった。しかし、そこの住民《パラティネート》たちは骨の髄《ずい》までローマカトリックだった。司祭たちは大っぴらに町中馬を乗りまわし、彼らの寺院が広場の存在を脅《おびや》かし、彼らの不吉な布教団体がネイティヴ・アメリカンの村々の端にいくつも出現した。法律や裁判所や貿易は彼らの独占領域で、ごてごての盛装をしたハイヒールの女たちが十歳のニグロの少年が曳《ひ》く荷車を乗りまわしていた。ジェイコブはローマカトリック教徒たちのたるんで肉欲的な、ずる賢さを不快に思っていた。「ローマの名うての娼婦を忌《い》みきらえ」救貧院の子供部門のクラス全員が小学校の教科書からこうした文章を暗記したものだ。「彼女が犯すすべての冒瀆的な行為を忌《い》みきらえ。彼女の呪われたコップから酒を飲むな。その命令には従うな」だが、彼らとはビジネスができないという意味ではない。彼はたびたび彼女たちを出し抜いた。とくにここでは、タバコと奴隷が結婚しているようなもので、通貨一枚一枚が連れの肘《ひじ》をしっかりつかんでいたからだ。容認された暴力か突然の疾病のためどちらかが崩壊すると、全員が泣きを見る結果になりかねなかったが、金貸しだけは別だった。

　軽蔑はいかに隠すのが難しかろうと、しまいこんでおかねばならない。この領地での以前の取引は、所有者の手代と飲み屋のスツールに腰かけてやったものだ。そこはジュビリオという名の農園だったが、いま何らかの理由で彼は農園主に招かれていた。むしろ呼びつけられたと言ったほうがいいかもしれない。貿易業者がジェントルマンと夕食を共にするよう招かれるだろうか。日曜日に？　だから、何か厄介なことが起こったにちがいない、と彼は考えた。蚊を叩き、馬を驚かす土蛇に用心しながら、彼はついに、ジュビリオの幅広い鉄の門をちらと見て、レジャイナを門内に導いた。そこがいかにすばらしいかという話は耳にしていたが、眼前に横たわる壮観に対しては準備のしようがなかった。蜂蜜色をした石の家は、事実、家というよりは裁判が行なわれる宮殿に似ている。右手のはるか彼方、霧のためぼうとしか見えない屋敷を取り囲む鉄柵の向こうには、何列にも並んだ静かでからっぽの住宅が見えた。畑に出ているんだな、と彼は考えた。一帯を水浸しにした天候が作物に及ぼす被害を最小限に食い止めようとして。タバコの葉の芳《かぐわ》しい匂いが、暖かい暖炉や、黒ビールを給仕してくれる善良な女たちのように、ジュビリオを包んでいる。小道は小さな煉瓦敷きの広場で終わっていて、そこがベランダへの壮麗な入り口であることを告げていた。ジェイコブは立ち止まった。少年が姿を現わしたので、少しばかりぎくしゃくと馬を降り、手綱を手渡して、少年に注意した。

「水をやってくれ。飼料はいらない」

「はい、旦那様《サー》」と少年は言い、馬の向きを変えて、「すてきなレイディ、すてきなレイディ」とつぶやきながら馬を連れ去った。

ジェイコブ・ヴァークは煉瓦《れんが》の石段を三段登ったが、また降り、家から離れて立って、全容をじっくり見た。それぞれに少なくとも二十四枚の窓ガラスが入った二つの幅広い窓が、ドアの両側にある。広い二階には窓がもう五つあり、霧の上で輝く陽光を受けていた。彼はこれまでこんな家を見たことがなかった。知るかぎりで一番金持ちの男でさえ、煉瓦ではなく木の家を建てていた。木の家の裂けた羽目板には、議事堂にこそふさわしい壮麗な柱は要らない。壮大だが建てやすいな、と彼は考えた。この気候では建てやすいはずだ。柔らかい南部の木材と、クリーム質の石なら、塡隙《てんげき》の必要はないだろう。すべてが凍結のためではなく、微風のために設計されていた。おそらくは長い廊下、客間、寝室……建てやすく、暮らしやすい。だが、助けてくれ、この暑さにはまいってしまう。

彼は帽子を脱ぎ、生え際の汗を袖《そで》で拭《ぬぐ》った。それから、ぐっしょり濡れた衿《えり》に指で触れてから、再び石段を登り、ブーツの泥落としをやってみた。すると、ノックする前に、矛盾の塊《かたまり》のような小柄な男がドアを開けた。年寄りのようにも見え、年齢が定めがたく、恭《うやうや》しい態度にも嘲笑《あざわら》っているようにも思われ、白髪で、顔は黒い。

「今日は、旦那様」

「ドルテガ氏と約束があるんですが」

ジェイコブは老人の頭越しに、その部屋を見まわした。

「はい、旦那様。帽子をどうぞ。セニョール・ドルテガがあなた様をお待ちしております。ありがとうございます。こちらへどうぞ」

大きく、攻撃的な足音が響き、続いてドルテガの呼び声がした。

「ちょうどいいときに来たな……お入り、ジェイコブ、お入り」彼は客間の方を手で示した。

「今日は。ありがとうございます」ジェイコブは、主人の長上着、靴下、粋《いき》なかつらに驚きながら言った。これらの飾り衣裳は凝ったものだが、この暑さでは苦しいにちがいない。だが、ジェイコブは相変わらず汗をかいているのに対して、ドルテガの肌は羊皮紙のように乾いている。ジェイコブはポケットから引っ張り出したハンカチの有様が、ハンカチを出さないではいられない自分の状況と同じほど恥ずかしかった。

窓はたぎるような外気を閉め出すために閉まっている。ジェイコブは彫刻の偶像に取り囲まれた小さなテーブルにつき、サッサフラス（クスノキ科の植物で、その乾燥した樹皮は、香料に用いられる）のビールを飲みながら、主人の天気の話に相槌《あいづち》を打ち、長い行程をはるばる来させたことに対する主人の謝辞を打ち消した。そういう挨拶がすむと、ドルテガは直ちにビジネスの話に入った。大災害に見舞われたのですよ。ジェイコブはその話を聞いていたが、ほんの少し同情の気持ちをこめて礼儀正しく、ここの、この顧客兼債務者が語る話を聞いた。ドルテガの船は一カ月間、海岸から一海里のところへ投錨して、失った荷物を補塡《ほてん》するための船を今日来るか、もう来るかと毎日待っているのだという。チフスのため積み荷の三分の一が死んだそうだ。ところが、彼らの死体を入江に近すぎるところに投棄したため、財産権管理長官からタバコ五千ポンドの罰金を科された上、見つかるかぎりの死体をすくいあげねばならなかった。（この仕事を矛と綱を使ってやったんだが、それだけで二ポンド六シリングかかったよ、とドルテガは言った）遺体は、焼くか埋葬しろと命じられたってわけだ。二台の荷車（六シリングだ）に山積みにして低地まで運ばねばならなかった。あとは海藻やワニが仕上げをしてくれるだろうて。

わたしの損失を切り詰めて、船をバルバドスまで航行させてくれないかな。だめだ、とジェイコブは考えた。こいつは不精者で、ローマカトリックの連中みんなと同じように、間違った考えを頑固に固執し、リスボンから失った人間を補充できるだけの積み荷を運んでくる幽霊船をもう一カ月、港で待つつもりなんだ。船倉を最大限にいっぱいにしようと待ってる間に、船は沈むさ。すると、船と、もともとの三分の一の積み荷ばかりか、すべてを失うことになる。もちろん、鎖で繋がれていない乗組員と、怒りで目を赤くした四人の売り物にならないアンゴラ人は別だが。さて、ドルテガはもっと金を貸してほしいと言い、すでに借りた金の返済をもう六カ月待ってほしいと言った。

夕食はジェイコブが感じていた気まずさのため耐えがたく、退屈な行事になった。彼のラフな服は、相手の刺繍を施した絹物やレースの衿飾りとくっきりした対照をなし、普通なら器用な指も、ナイフとフォークを扱うとぎこちなくなった。おまけに、手にはアライグマの血の痕《あと》までついている。種《たね》を植えつけられた怒りが、いま花開いた。どうして眠い午後に、地位の低いたった一人の客のためこのようなショーをして見せるのだろうか。わざとだ、と彼は決めつけた。おれに屈辱を味わわせ、這いつくばってドルテガの願いを受け入れさせようとするお芝居か？　食事はジェイコブにはわからない言葉でつぶやかれる祈りではじまり、その前後にゆっくりと十字を切る。汚れた手と汗ぐっしょりの髪にもかかわらず、ジェイコブは困惑を抑えつけて、食べ物に注意を集中することにした。しかし、こってりと香料を利かせた料理を出されると、かなり空腹だったのに食欲が失せた。ピクルスと二十日大根以外はすべて、油ものか茹《ゆ》ですぎだった。ワインは水っぽく、彼の好みには甘すぎて、失望した。相客はさらに悪い。息子たちは墓のように黙りこくっている。ドルテガの妻はおしゃべりのカササギで、次々に意味のない質問を繰り出した。雪のときはどういう暮らしをなさいますの？　その上、センスを疑いたくなるような感想を述べたてた。彼女の政治的判断は、男性の判断と平等だというかのように。ひょっとしたらドルテガ夫妻の発音が悪く、かろうじて英語が話せる程度だったからかもしれない。だが、ジェイコブには、この会話のなかでは現実の世界に根を下ろした役に立つ事柄は何一つ話されていないような気がした。夫妻の両方が、この野生の世界が押しつける重荷とユニークな責任、つまり神の御業《みわざ》に対するこぼちがたい繋がりと、神のために自分たちが耐えている困難な仕事について語った。病気だとか、反抗的な労働者の世話をするだけで、聖人の列に加えてもらってもいいほどの苦労なんですよと、彼らは言った。

「連中はたびたび病気になるんですか、マダム？」とジェイコブは訊いた。

「いいえ、病気のふりをしてるだけですよ」と女主人は言った。「悪党なんですから。ポルトガルでは、こんなごまかしを使っても絶対にうまくいくことはなかったんですけどね」

「彼らはポルトガルから来たんですか」ジェイコブは、給仕女は英語がわかるのだろうか、と考えた。でなければ、この人たちはポルトガル語で彼女をののしるのだろうか。

「ポルトガル領のアンゴラです」とドルテガが言った。「いちばん気持ちのいい、美しい国ですよ」

「ポルトガルが？」

「アンゴラです。しかしもちろん、ポルトガルはどことも比べようのないほどいいところですよ」

「わたしたち、あそこに四年いましたの」とドルテガ夫人が付け加えた。

「ポルトガルに？」

「アンゴラですわ。でも、子供たちはあそこで生まれたんじゃないんです」

「じゃあ、ポルトガルでですか」

「いいえ、メリーランドです」

「ああ、イギリス領ですか」

結局、ドルテガは何のコネクションも持たない牛飼いの三番目の息子だった。彼はブラジルへの輸出を取り仕切るため、アンゴラに、つまりポルトガル領の奴隷のたまり場所に行った。しかし、一攫千金の約束は、もっと遠い外国のほうがもっと早く、しかも十二分に果たされることがわかった。一群から次の群れへの切り替えはすばやく行なわれ、莫大な金になった。しばらくの間は、とジェイコブは考えた。ドルテガは比較的新しいいまの地位ではさほど成功してはいないように見えるが、やがてのしてくるのは目に見えている。それを証明するため、この夕食への招待を計画したのだろう。

彼らには六人子供があり、そのうち二人は夕食のお相伴《しょうばん》ができるほど大きくなっていた。石のように黙りこくっている十三歳と十四歳で、まるで舞踏会か裁判所にいるかのように父親と同じかつらをかぶっている。ジェイコブ自身は、男にしろそうでないにしろ、後継ぎがいないので苦《にが》い思いをしていたが、この思いが不当だということはちゃんとわきまえていた。娘のパトリシアンが死んだ弟たちのあとを追ったので、ささやかながら彼が蓄わえておきたいと考えている、かなりの財産を受け継ぐ人間はいなかった。だから、救貧院で教わった通り羨望は抑えこんで、ジェイコブは眼前の二人の結婚に何かしら瑕瑾《きず》を想像することで気晴らしをしようとした。二人はお互いに似合いの夫婦のように見える。虚栄心が強く、肉欲的で、息子たちより白目製の器物や陶器のほうを自慢している。どうしてドルテガが由々しいほどの借金をしているのかは明々白々だった。利益を役にも立たない安ピカ物に変え、奢侈《しゃし》禁止令などは平気の平左、絹の靴下や、でこでこに飾り立てた妻を恥ずかしがりもせず、真昼間に蠟燭《ろうそく》を無駄に燃やし、問題が失われた船であろうと台無しになった作物であろうと、どんなときにも逆流を乗り切ることができないからだ。ジェイコブはこの夫婦を眺めていて、夫も妻も相手がよそを向いているときにちらと盗み見する場合を除けば、お互いの顔を見ないことに気がついた。このこそこそした盗み見にどんな意味があるのかはわからなかったが、愚かしく無意味な会話と食べられない料理に耐えている間、最悪の事態を探り当てようとするのは面白かった。彼らは微笑はしないで嘲笑し、大笑いはしないでにやにや笑う。だから、召使いには意地が悪く、司祭には卑屈にふるまうにちがいない、とジェイコブは想像した。長旅の必然的な結果、つまり泥のついたブーツ、汚れた手、汗とその臭いに対する最初の気まずい思いは、ドルテガ夫人のきつい香水の匂いと塗りたくった顔のおかげで薄まってきた。クローヴの匂いのする女性が食べ物を運んできたので、わずかとはいえ、はじめてほっとする思いがした。

こうした金持ちの男たちの妻や、自分では毎日衣服を替えるくせに召使いには粗麻布を着せている女たちと付きあう機会はめったになかったが、そういうときには妻のレベッカがいっそう大事な存在に思われてくる。彼の未来の妻が重い鞄を肩にかけ、寝具と二つの箱を持って、苦労してタラップを降りてくるのを見た瞬間、自分が幸運だったことがわかった。彼は骨袋のような女でも、醜い乙女でも喜んで受け入れるつもりで、事実そういう女性が来ることを予期してもいた。きれいな女性なら、近隣でいくつかの結婚の機会があるにちがいないからだ。しかし、人混みのなかから彼の叫び声に応えた若い女性は、小太りの器量よしで、有能な女性だった。必要だった長い嫁探しの毎日を過ごした甲斐があった。というのは、荘園的特権を有する地主になるには妻が必要だったし、ある種の相棒がほしかったからだ。つまり、子供が産める年齢で、教会に属さない女性、素直だが卑屈ではなく、読み書きができても威張らず、自主性はあっても愛情こまやかな人。がみがみ女はお断わりだった。一等航海士の報告書が述べている通り、レベッカは理想的だった。彼女の体にはずる賢い骨は一本もなかった。怒って声を荒らげたことは一度もない。彼の必要なことに気を配り、この上なく柔らかな蒸し団子を作り、青い鳥のように明るく、発明の才を発揮し情熱を傾けて全然やったことのない畑の雑用をこなした。あるいは、かつてはそうだったと言ったほうがいいかもしれない。立て続けに三人の幼児が死に、五歳になったパトリシアンが事故で亡くなったため、彼女は気が抜けたような有様になった。一種の目に見えない灰が彼女の上に降り積もったようで、牧場のなかの小さな墓で夜伽《よとぎ》をしても、全然灰を拭き去る役には立たなかった。だが、彼女は苦情も言わねば、勤めを怠けもしなかった。何か変化があったとすれば、前よりいっそう精力的に畑仕事に打ちこむようになっただけで、いまのように自分がビジネスや交易や集金や貸し金の仕事で旅行している間、いかにわが家が管理されているかについて、ジェイコブはまったく疑いを持たなかった。レベッカと二人の召使いは日の出のように信頼でき、柱のように強かった。おまけに時間と健康が彼らの味方をした。彼女はもっと多くの子供を生み、少なくとも一人の男の子は生きて成功するだろうということを、彼は確信していた。

ペカンにアップルソースをかけたデザートは多少ましで、彼がドルテガといっしょに、断わりきれなかった屋敷の見学をしている間、気分は少し晴れて、本心から屋敷を賞めることができた。霧はすっかり晴れ、ジェイコブはタバコ小屋、荷車、秩序よくきちんと維持されている何列にも並んだ樽、よくできた食肉小屋、搾乳場、洗濯場、料理小屋の仕事ぶりと管理の仕方をつぶさに見ることができた。最後の小屋、つまり奴隷小屋よりほんの少し小さい白塗り漆喰《しっくい》の小屋以外は全部。だが、そこは他の奴隷小屋に比べると、立派に修理されていた。この会見の目的である本題にはまだ入っていない。ドルテガは借金の返済ができなくなった不可抗力の事故について、細かい部分まで注意深く説明していた。しかし、返済の仕方は切り出していない。斑《ふ》が入り虫食いになったタバコの葉を点検しているとき、ドルテガが提供しようとしている最後のものが明らかになった。奴隷だ。

ジェイコブは断わった。うちの畑はちっぽけですし、商売はわたし一人で十分です。おまけに奴隷を住まわせる場所もないし、仕事もありませんよ。

「バカなことを」とドルテガは言った。「売ればいいじゃないか。売ればいくらになるか知ってるか」

ジェイコブはたじろいだ。人間は彼が扱う商品ではなかったからだ。

それでいて、ドルテガがしつこく勧めるので、彼はその後ろについて小さな小屋に行った。そこでドルテガは奴隷たちの半日の休みの邪魔をして、二十四人かそれ以上の者に、ここに集まって一列に並べ、と命令した。レジャイナに水をやった少年も含まれている。二人の男たちが列の端から端まで歩いて点呼した。ドルテガは各人の才能や弱点や可能性を列挙していったが、はみ出した静脈が皮膚の上を這っているような傷痕については何も言わなかった。一人の顔には烙印がある。これは、奴隷が二度目に白人を襲ったときに地元の法律が科す罰だった。女たちの目は、衝撃には影響されないのか時空を越えたところを見つめている。まるでそこには存在していないかのように。男たちはじっと地面を見つめている。ときどきこちらの目を盗んで、いま値踏みされているのは自分じゃないと考えた場合の横目や、すばやいまなざしを別にすれば。ジェイコブはそうしたすばやい視線を見てとることができたが、それは警戒してはいるものの、何よりも自分たちを評価している男たちを逆に評価している目だった。

突然、ジェイコブは胃が引きつるのを感じた。タバコの匂いはここに着いたときは好ましかったのに、いまは吐き気を催《もよお》させる。でなければ砂糖で煮たライスのせいか。または糖蜜入りの肉汁をかけた豚肉のフライか、レイディ・ドルテガが目をまわしたココアのせいか。原因は何であれ、彼は奴隷の集団に囲まれてそこに留まっていることはできなかった。彼らが黙りこくっているので、はるか遠くから雪崩《なだれ》を眺めているような気がした。何の物音もしない。耳には聞こえない地響きがしているはずだ、と頭でわかっているだけだ。ジェイコブは、そんな申し出を受け入れるわけにはいきません、と言って、そこを辞し去った。彼らを輸送して、管理して、競買にかけるなど面倒すぎますよ。交易が気に入ってるのは、わたし一人で誰にも邪魔されず効率的にできるからです。正金、信用証券、権利放棄証書は持ち運びできますからね。肩かけ鞄が一つあれば、必要なものはみんな入ってしまいますから。彼らは家のほうへ引き返し、凝った飾りつきのフェンスにはさまれた側門から入った。その間中、ドルテガはもったいぶってしゃべり続けていた。売るほうはわたしがやるさ。ポンドがいいかな。スペインの金貨にしようか。輸送の手配もしよう。手配師を雇うからな。

胃がひっくり返り、鼻孔は刺激され、ジェイコブはしだいに腹が立ってきた。これは大災厄だ、と彼は考えた。解決ができなければ、王の裁判官たちが牛耳る地方裁判所に持ちこまれて何年もかかるだろう。裁判官たちは、地元のカトリックのジェントルマンより遠隔地の貿易商を有利に扱うはずはない。この損失は何とかやりくりできなくはないものの、許せないと思った。それも、このような男のために。屋敷のなかをいっしょに歩いていたときのドルテガの威張りくさった歩き方には、胸が悪くなった。その上、あのあごの曲げ方、垂れ下がったまぶたは、彼の手のように何かの弱みを隠している、とジェイコブは考えた。ドルテガの手は手綱《たづな》や鞭《むち》やレースには慣れているが、一度も鋤《すき》を持ったこともなければ、斧を振るって木を伐ったこともなかろう。この男にはカトリックを超えたもの、何かただれて汚れたものがある。だが、おれはどうすればいいのか。ジェイコブは弱くなった自分の地歩という恥を、血の汚れのように感じた。こんな連中が故国の議会から締め出されたのもふしぎではない。彼らが社会の害虫のように狩りだされるべきだとは思わなかったが、ビジネス以外では、こうした連中の最高の者とも最低の者ともわざわざ付きあったり混ざりあったりする気持ちはなかった。ジェイコブは、男らしく直接に話す代わりに、ずるく間接的に話すドルテガのおしゃべりにはほとんど耳を傾けていなかった。だが、料理小屋に近づいたとき、二人の子供といっしょに入り口に立っている女を見た。一人は彼女の腰の上に乗っており、もう一人はスカートの蔭に隠れている。彼女は他の連中よりいい食事をしているらしく、とても健康そうに見えた。それで、気まぐれに、ドルテガが拒否することは目に見えていたが、主に彼を黙らせるためにこう言った。「あの女がいい。彼女をもらいましょう」

ドルテガは急に立ち止まり、驚いて彼の顔を見た。「ああ、だめだよ。不可能だ。妻が許さないからね。彼女がいなけりゃ妻は生きていけないんだ。あの女はわれわれのコック長なんだよ。最高のコックだからな」

ジェイコブは近寄ってみた。そして、クローヴの匂いのする汗を嗅いで、ドルテガが失うのは料理以上のものではないかと考えた。

「あなたは『誰でも』と言ったじゃないですか。だから、誰でも選ぶことができるはずです。あなたの言葉がいい加減なものだとすると、法律に頼るしかないな」

ドルテガは片方の眉をあげた。まるで眉の曲線に一つの帝国がかかっているとでもいうかのように、一方の眉だけを。ジェイコブには、ドルテガが身分の低い者から受けた侮辱をどうしてくれようかと思案しているのがわかった。だが、その侮辱を別の侮辱で仕返しすることは思いとどまったにちがいない。彼はぜひとも早くこの仕事を終わらせたいと思う一方で、自分の意志を通したがっていた。

「うん、そうだな」とドルテガは言った。「しかし、ここには他の女もいる。もっとたくさんの女が。彼女たちを見てくれ。それに、この女は授乳中なんだよ」

「では、法律に訴えましょう」とジェイコブは言った。

ドルテガは微笑した。裁判が彼に有利な判決を出すのは確かだったし、裁判のために空費される時間は彼には好都合だったからだ。

「あんたには驚かされるよ」と彼は言った。

ジェイコブは後退するつもりはなかった。「たぶん別の貸し主のほうがお気に入るでしょう」と彼は言い、相手の鼻孔がふくれあがるのを見て喜んだ。相手の急所を突いたことがわかったからだ。ドルテガは借金の返済をしないことで悪名高く、メリーランド以外のはるか遠いところまでブローカー探しをしなければならなかった。彼はもう金を貸してくれる友人がなくなるまで借りまくり、近隣の金貸したちは、かならず債務不履行になる取引を拒否した。空気がピンと張りつめた。

「あんたはわたしの申し出がわかっておらんようだな。わたしは借金を帳消しにしようとしているんじゃない。支払うと言ってるんだ。よく仕込んだ奴隷の価値は十分すぎるくらいなんだ」

「わたしが彼女を使えないのなら、だめです」

「彼女を使うって？　売るんだよ！」

「わたしの商売は物品と金ですよ」と地主のジェイコブ・ヴァークは言った。それから、次のように付け加えないではいられなかった。「しかし、カトリックの人がある種の抑制にいかに順応しづらいか、よくわかりますよ」

微妙すぎたかな？　とジェイコブは考えた。どうやら微妙すぎるどころではないようだった。ドルテガの手が腰のところまで上がっていたからだ。ジェイコブの目がその動きを追うと、指輪をはめた手が刀の鞘《さや》にかかった。殺《や》るだろうか。この怒った傲慢《ごうまん》な洒落者は本当に、債権者を襲って殺し、正当防衛だ、特権だと主張して、借金と社会的侮辱の両方を一掃するだろうか。彼の金箱は刀の鞘と同じほどからっぽだということを考えれば、それは完全な財政破綻《はたん》ということになるのだが。柔らかい指がそこにはない刀の柄《つか》を探した。ジェイコブはドルテガのほうに目を上げ、庶民と対峙した丸腰のジェントルマン階級の臆病ぶりに注目した。ここの戸外の荒野で、この日曜日に、どこにも姿の見えない金で雇ったガードマンに頼っているとは。ジェイコブは笑いたくなった。この混乱した世界以外のどこで、このような対決ができようか。他のどこで、勇気を前にしてこの階級が震えるだろうか。ジェイコブは背を向け、無防備で丸腰の背中に軽蔑の思いをこめた。これは、ふしぎな瞬間だった。軽蔑の思いといっしょに高揚した気分が湧きあがってくるのを覚えた。力強く。着実に。彼の内部では注意深い交渉人が、かつて町や田舎の小道をうろつきまわっていた山だしの少年へ変わっていた。ジェイコブは料理小屋の前を通って、もう一度入り口に立っている女のほうをちらと見る間も、くすくす笑いを抑えようとさえしなかった。

ちょうどそのとき、小さな少女が母親の後ろから出てきた。彼女の足は大きすぎる女の靴をはいている。おそらく彼が笑ったのは、あの放縦な気分のせい、はき古されて傷《いた》んだ靴から二本のイバラの茎のように伸びていた小さな脚の光景《さま》といっしょに、新たに蘇った無鉄砲な衝動のせいだったのだろう。この訪問の喜劇性、どうしようもないいらだちに対する声高の、胸を揺するような笑い。腰の上で小さな男の子を揺すっていた女が前に進み出てきたときも、その笑いはまだおさまっていなかった。女の声はささやき声に近かったが、切迫した口調は聞きまちがえようがなかった。

「お願いです、セニョール。わたしではなく、この子を選んでください。わたしの娘を連れて行ってください」

ジェイコブは子供の足から目を上げて女を見たが、その口はまだ開いて笑っていた。だが、女の目のなかの恐怖に驚いた。笑いはくつくつ言ってから止んだが、彼は頭を横に振った。これが一番つらいビジネスではないと言うのなら、神よ助けたまえ、と考えながら。

「ああ、いいとも。もちろん」とドルテガは、さきほどの気まずさを振り払い、再び威厳を取り戻そうとしながら言った。「彼女を送り届けてやろう、すぐに」彼はまだ極度に動転していたが、卑屈な微笑を浮かべると同時に、目を大きく見開いた。

「わたしの返事は変わりませんよ」とジェイコブは、この男性労働者の代わりから逃げ出さなければ、と考えながら言った。だが、一方では、ひょっとしたらレベッカは家のまわりに子供がいるのを喜ぶかもしれないな、とも考えていた。ぶかぶかのひどい靴をはいている、ここの、この子は、パトリシアンとほぼ同じ歳に見えた。もし雌馬が彼女の頭を蹴ったとしても、レベッカはその死であれほど心を揺すぶられはしないだろう。

「ここには司祭がいるからな」とドルテガは続けた。「彼がこの子を送っていけるよ。二人をスループ船に乗せて、あんたの希望する海岸のどの港にでも送り届けてやろう」

「いいえ、わたしはだめだ、と言いましたよ」

突然、クローヴの匂いのする女がひざまずいて、目を閉じた。

彼らは新しい書類を作った。これからの寿命を考えて、その少女はペソ銀貨二十枚分の価値があるということに同意し、大樽三箇分、すなわち英貨十五ポンド分を借金の残額から差し引いた。英貨十五ポンドのほうが望ましかったが。だが、険悪な空気は消えた。ドルテガの顔からみるみる険しさが退いていく。ジェイコブは早くここを退散して、もう一度自分は善良だという思いを嚙みしめてみたいと思い、ドルテガ夫人と二人の少年とその父親に急いで別れを告げた。狭い道に入る途中で、彼はレジャイナの向きを変え、夫婦に手を振った。彼ははじめて、またしても自分の意思に反して、その家、門、フェンスを羨《うらや》ましく思った。そして、金持ちのジェントルマン階級に対して策を弄さず、へつらいも、操りもせず、互角にふるまったのだった。そして、これははじめてではなかったが、階級を隔《へだ》てているのは、血縁や性格ではなく物品だけだと悟った。だから、自分の牧場の墓石を囲むのにあんなフェンスを建てたらいいのではなかろうか。いつか、あまり遠くない日に、自分の土地にあれくらいの大きさの家を建てればいいではないか。後ろにあれくらいの丘があり、前方の丘の連なりとその間の谷を見はるかす眺望のよいところに。ドルテガの家ほどごてごて飾り立てるのはやめよう。もちろん、あのような異教的な過度な装飾はいっさいなしにするが、まずまずのものにしよう。純粋で上品なものに。ジュビリオのような妥協したものにはしたくないからだ。一艦隊の無料労働者を手に入れたことが、ドルテガの贅沢《ぜいたく》な暮らしを可能にした。船いっぱいのアンゴラ人の奴隷がいなければ、彼は単に借金を抱えているどころではなく、陶器の食器の代わりに手のひらから食べ、四本柱のあるベッドではなく、アフリカの草叢《くさむら》のなかで眠っていることだろう。ジェイコブは捕えてきた奴隷に依存する富を軽蔑した。そんな労働力を維持するには、もっと多くの労働が要る。わずかとはいえ、彼が奉じる新教のたぐいの残滓《ざんし》が、鞭や鎖や武装した監督者などを嫌悪した。彼は良心を貨幣と取り替えず、勤勉さをもとにして、ドルテガが持っていたような財産や地位を積み上げるのは可能であることを証明しようと決心した。

彼はレジャイナの首を叩いて歩調を早めた。太陽の位置は低くなり、空気は冷たくなった。彼はヴァージニアの海岸に早く着いて、夜になる前にパーシーズの居酒屋に行き着きたいと急いだ。三つか四つずつ並んだベッドがみんなふさがっているのでなければ、その一つで眠りたかった。ふさがっていれば、他の客たちに合流して、どこでもいいから平たいところで丸くなりたかった。だが、最初にビールを一杯、たぶん二杯飲もう。舌にこびりついているような気がする痛んだタバコと悪徳との甘い腐敗の味を除くには、ビールの苦くて透明な味が欠かせなかった。ジェイコブはレジャイナを馬丁に返して支払いをすませ、埠頭とパーシーズの居酒屋を指して、ぶらぶら歩いて行った。その途中、一人の男がひざをついた馬を殴っているのを見た。彼が口を開いて叫びだす前に、荒くれ者の船員たちが男を引き離し、泥のなかに男自身のひざをつかせた。家畜に対する残酷な扱いほどジェイコブを怒らせるものはない。船員たちが何に対して抗議しているのかはわからなかったが、彼自身の憤激は、打擲《ちょうちゃく》が馬自身に与える痛みのみならず、目をうるませ、黙って、反撃もできずに屈従せざるをえない動物が哀れだったからだ。

彼は当然知っているべきだったが、日曜日だったので、パーシーズの店は閉まっていた。それで、いつでも開いているもう一軒に行った。粗野で、非合法で、荒っぽい少年たちの好みに合わせてはいたが、それでも美味で、たっぷりした食事を出し、堅い肉は決して出さなかった。彼が二杯目のビールを飲んでいたとき、ヴァイオリン弾きと笛吹きが、客を楽しませて金をもらおうと入ってきた。笛吹きはジェイコブ自身より笛が下手だったが、彼はすっかり気分がよくなって歌に加わった。二人の女が入ってきたとき、男たちは酒の入った上機嫌で二人の名前を声高に呼んだ。娼婦たちはちょっと身をくねらせてから、ひざを選んでその上にすわる。ジェイコブは彼女たちが近づいてくると、たじろいだ。何年も前、彼は十分すぎるほど女郎屋や航海中の船員の妻たちが開いていた売春宿に通ったことがある。しかし、ジュビリオで彼の内に湧きあがってきた少年じみた無謀さは、若いときに求めた甘い放蕩《ほうとう》にまで広がってはいかなかった。

先客の食べ散らかした皿が載っているテーブルにすわって、彼は周囲の話に耳を傾けた。それは大半が砂糖の話、つまりラム酒の話だった。ラム酒の価格と需要がタバコより大きくなりかけていた。タバコの供給過剰が市場を破壊していたからだ。西インド産のラム酒とその単純な生産のメカニズム、冒瀆《ぼうとく》的な値段とそのありがたい影響についていちばんよく知っているように見える男が、市長の話をもとに滔々《とうとう》とまくしたてていた。

彼はあばた面でたくましく、異国に行ったことのある男のオーラがあり、顔から離して物を見るくせのある男の目をしている。彼の名はダウンズといった。ピーター・ダウンズ。黒人のボーイが呼ばれ、いま片手に把手を三つずつ持ち、六個のタンカードを運んできて、テーブルの上に置いた。五人の男がそれに手を伸ばして、すばやく飲み干す。ダウンズも飲んだが、最初の一口は床に吐き出し、周囲の仲間にこのジェスチュアは神への奉納と毒からの保護の両方の意味があると説明した。

「どうしてだい？」と誰かが訊いた。「毒は底にひそんでいるかもしれないじゃないか」

「いいや」とダウンズは言った。「毒というものは溺死者と同じ。いつも浮き上がるんだ」

人々が笑っている最中にジェイコブはテーブルの男たちに加わり、ダウンズの催眠術的な話に耳を傾けた。彼の話はどれも、最後はバルバドスの女たちの胸のサイズについての面白おかしい描写で終わった。

「わたしは一度、そこに移住しようかと思ったんですよ」とジェイコブは言った。「女性の胸を別にすると、そこはどんなところですか」

「娼婦みたいなもんさ。官能的で、致命的だよ」とダウンズは言った。

「どういう意味です？」

ダウンズは唇を袖で拭った。「その意味はな、生き物以外は何でも彼でもたくさんあって、熟れてるんだよ。生き物は少ないし、短命なんだ。六カ月か、十八カ月、それから——」彼は指を振って、おさらばの仕草をした。

「じゃあ、どうやってるんですか。しょっちゅう混乱してるんでしょうな」ジェイコブはジュビリオの整然と統制された労働力と、砂糖農園の混乱状態の違いを想像してみた。

「問題なしだよ」ダウンズはほほえんだ。「やつらはどんどん船で運んでくるんだよ。薪《たきぎ》のようにね。燃えて灰になったものは補給するんだ。それに、生まれるものがあることを忘れちゃいけない。あそこはムラトやクレオール、ザンボ、メスティーソ、森林オオカミ、中国人、コヨーテなんかのシチューだよ」彼は一方の親指で他方の指先に触れながら、バルバドスの典型的な人や産物を数え上げた。

「それでいて、危険は多いんですね」とジェイコブは反撃した。「わたしは地域全体が病気のために衰退したって話を聞きましたよ。労働力が減って、輸送するものがだんだん少なくなってきたら、いったいどうなるんですか」

「どうして労働力が減るんだね？」ダウンズはまるで船体を運んでいるかのように両手を広げた。「アフリカ人は、イギリス人の農園主が奴隷を買いたがっているように、オランダ人に奴隷を売りたがっているんだよ。誰が商売をやろうと、ラム酒が支配してるのさ。法律だって？　どの法律だ？　いいかい」と彼は続けた。「マサチューセッツはすでにラム酒の販売禁止法を施行したが、一ドラム（一七七二グラム）だって止めることはできなかった。北方の植民地に糖蜜を売る商売は、これまでにないほど活況を呈している。これだと、毛皮やタバコや木材や他の何よりも着実な利益があがるからさ。おれの考えでは金《きん》は別だな。燃料が補充されるかぎり樽は発酵し、金《かね》が山のように積もるってわけさ。西インド産のラム酒、砂糖——どれも絶対に十分にはならない。一生続く商売になるんだよ」

「それでも」とジェイコブは言った。「あれは堕落したビジネスですよ。それに苛酷だ」

「じゃあ、こういう風に考えろ。毛皮の場合、狩りをして、殺し、皮を剝ぎ、運び、おそらくはそれをやる権利のために何人かのネイティヴ・アメリカンと戦わなくちゃならない。タバコは育て、取り入れ、乾かし、梱包し、運ぶ必要があるが、何よりも必要なのは時間と、つねに新しい土壌だ。砂糖は？　ラム酒は？　砂糖キビは育つ。それを止めることはできないよ。土地は決して死なないからな。だから、それを伐って、煮て、船で輸送すればいい」ダウンズは両手を叩きあわせた。

「それほど単純ですかねえ？」

「多少とも、さ。だが、問題はこういうことだ。投資しても損は出ない。絶対に。永久に。不作なし。ビーバーや狐が一掃されることもない。割りこむ戦争もない。作物はゆたかで、永遠に続く。奴隷労働者も同じさ。買い手は熱心。生産品はすばらしい。一ヵ月のうちに工場からボストンまで旅行する時間は要るが、五十ポンドを五倍にすることができる。それを考えてみろ。毎月毎月、投資額が五倍になるんだぜ。確実に」

ジェイコブは笑わないではいられなかった。そして、相手のやり方を見てとった。行商人からブローカーに転じて、あらゆるためらいを切り捨て、あらゆる議論をすばやく大儲けの約束でしめくくる。だが、ダウンズの服装と、これまでのところ酒の代金を払いたくなさそうな素振りからすると、彼が述べたてているような濡れ手に粟《あわ》の利益は得ていないようにジェイコブには思われた。

とはいえ、ジェイコブはその件を調べてみようと決心した。

牡蠣、仔牛肉、ハト、パースニップ、スエット（牛や羊の腎臓）のプディングをゆっくり食べて、味蕾《みらい》を回復すると、彼は一つのベッドに一人だけのベッド空間を予約し、ぶらりと外に出た。そして、失望させられた一日と、支払い金の一部として女の子を受け取らねばならなかった屈辱のことを考えた。ドルテガからはもう一文たりとも返してもらえないことは、わかっている。いつの日か、ひょっとしたらまもなく、みんなが安堵《あんど》することには、スチュワート家が王座を失ってプロテスタントが国を治めることになるかもしれない。そうなったら、ドルテガに対する裁判は首尾よく運んで、貸し金の一部として子供を受け取る解決法を強制されないですむかもしれない。自分がこの取引に応じたのは、レベッカが少女をほしがるかもしれないと思ったからだということは自覚していたが、別の理由のほうがもっと真実に近かった。彼は子供のときから、浮浪児や犬の子にとって、見知らぬ人の寛大さより他には、この世にいい場所なんてないことを知っていた。たとえ物々交換であっても、譲渡でも、徒弟《とてい》奉公でも、売られても、交換でも、誘惑されても、食べ物のためにだまされても、住む場所のために働かされたり、盗まれたりした場合でも、大人の管理の下では、それほどひどいことにはならないのだ。親や主人にとって、たとえ乳牛ほどの価値はなくとも、大人がいなければ彼らは石段の上で凍死するか、運河にうつむけになって浮かぶか、川岸や浅瀬で波に洗われる可能性のほうが高かった。彼は自分自身が孤児だったときの状況、あらゆる種類の子供たちといっしょに食べ物を盗んだり、使い走りをしてチップをねだったりして過ごした数年間について、感傷的になるつもりはなかった。彼の母親は大して価値のない若い女性で、お産で死んだと聞かされた。父親はアムステルダムの出身で、たやすく駄洒落の材料にされ、強い疑いの目で見られる名前を残してくれただけだった。いたるところにオランダ人がイギリス人をいじめて恥をかかせた痕《あと》が残っていた。幸運にも法律事務所の小使いとして雇われる前の、救貧院でのきびしい仕事の間のいじめはひどかった。法律事務所の仕事には読み書きが必要で、この特技がもとで彼は会社からも雇ってもらえることになったのだ。また、土地を相続したことで、庶出の上に勘当された恨みが多少和《やわ》らいだ。それでいて、彼は市場や小道や小路や旅して歩くあらゆる地域の港にあふれていた彼らの、そして自分自身の悲しい思いを忘れず、孤児や迷子たちに心が乱れるほどの哀れみを感じ続けていた。以前一度、誰からも望まれず行き場のない子供を救ってくれと頼まれたとき、それを断わるのにうんと苦労した。いまではもう十年前になるが、川岸で見つけた、すねた、巻き毛の、半死半生の女の子を引き取ってくれと、木挽《こび》きから頼まれたことがあった。ジェイコブは自分が買おうとしている木材の値段を免除してくれるなら、そうしようと言った。いまとは違い、当時彼の畑には、本当に手伝いの人がもっと必要だった。そのとき、レベッカは妊娠していたが、それ以前に生まれた息子たちで生きている者はいない。彼の畑は、分離派の人々が築いた村落から約七マイル離れたところにあった森林地、百二十エーカーのうちの耕作地六十エーカーだった。多くのオランダ人（権力を持ったオランダ人や金持ちのオランダ人を除いて）が立ちのくか、その地域から追放されたりした数年間、荘園的特権を有する地主の権利は休閑状態にあった。分離派の人々を除くと、そこの土地はいまだに孤立している。ジェイコブはまもなく、こうした分離派の人々は、救われるのは選ばれた人々だけか、万人かという問題をめぐって、同胞と袂《たもと》を分かったということを知った。彼の隣人たちは一番乗りが好きで、毛皮の中継地や戦争から遠く離れた奥地に移住した。毛皮や木材を副業とする会社に雇われた小規模の貿易業者だったジェイコブは、自分がさまざまなものの相続者であることがわかったとき、土地を所有する独立した農民になるという考えが嬉しかった。その件では、いまでも心変わりはしていない。彼は必要なことをした。妻を確保し、妻の手伝いを雇い、植え、建て、父となった……それに、貿易商としての生活を付け加えただけだった。貿易商の仕事がなければ、定住した農民生活と人々との交流のほうを好んだにちがいない。だが、そうした人々の宗教は彼を唖然とさせた。七マイルの距離があったので、彼らの冒瀆的な言動は彼と何の関わりもなかったが。とはいえ、彼の土地は旅に出ることの多い男のものだったから、長い留守中あたり一帯に男の労働者をうようよさせておくのは賢明でないことは百も承知だった。油断のならない男の労働者より着実な女の労働者のほうを好む彼の傾向は、若いときの自分自身の経験が元になっていた。主人がしばしば家を留守にすると、逃亡、レイプ、あるいは暴動が起こりやすく、誘発さえした。彼がときどき手伝いとして使った二人の男は、全然脅威にはならない人物だった。ちゃんとした環境なら、女性は本質的に信頼がおける。彼はいま、この破れ靴をはいた子供については、母親が娘を捨てたのだと信じていた。ちょうど十年前、巻き毛のガチョウ番の少女、みんながソローと呼ぶ少女について、そう信じたように。この二人の少女の獲得は、救ってやったとも解釈できよう。リナだけが自分の意志で、直接買い入れた娘だった。だが、彼女は女で、子供ではない。

暖かい夜の外気のなかを、彼はできるだけ遠くまで歩いて行き、ついに居酒屋の灯が闇と戦う宝石のように見え、飲んで騒いでいる男たちの声が、大波の絹ずれのような音に消えてしまうところまで来た。空は朝の燃える火を完全に忘れてしまい、レジャイナの背中のようになめらかで黒いカンヴァスのなかの冷たい星に姿を変えている。彼は水の上に時折できる星明かりの斑模様をじっと見つめ、それからかがんで、そのなかに両手を浸した。手の下で砂が動き、手首のところまで寄せてきた幼い波が、袖のカフスを濡らす。やがて、一日のいやな堆積物が洗い流され、アライグマのかすかな血の痕も消えた。宿屋まで歩いて帰る彼を、邪魔するものはなかった。もちろん、暑さは残っていたが、金色にしろ灰色にしろ、霧が歩みを妨《さまた》げることはなかった。おまけに、一つの計画が形を取りかけている。農夫としての自分の短所は十分に知っており――事実、農場に閉じこめられていることと、きまりきった仕事に退屈していた――商業のほうが自分の趣味に合っていると彼は考えた。いまは、さらにもっと満足のいく事業という考えについて思案している。その計画は砂糖を基礎にしており、砂糖のように甘い。その上、ジュビリオで親しく知った奴隷の身体的存在と、遠いバルバドスの労働力との間には、深い違いがあった。この計画は正しいだろうか？　正しいと、彼は星が出て俗悪になった空を見ながら考えた。明確で、正しい。そこに輝く銀色は、まったく手が届かないわけではない。それから、星々の間を流れるクリーム色の幅広い帯は、彼が舐めるためにあった。

暑さはまだきびしく、並んだベッドのなかの仲間は動きすぎたが、彼はぐっすり眠った。おそ

らく丘の上にあって、霧の上にそびえたち、たくさんの部屋がある壮大な家の夢を見ていたから
だろう。

あなたがさよならも言わずに去ってから、夏は過ぎ、秋も去り、それから冬がかげっていくにつれ、病気が戻ってくる。以前はソローが病気になったけど、今度はサーだ。今回帰ってきたサーは前とは違う。動作がゆっくりしていて、機嫌が悪い。マダムに対しても、そっけない。汗をかき、始終リンゴ酒を飲みたがる。水ぶくれがソローの昔の病気のようになるとは誰も思っていない。夜には吐き、昼間はののしり言葉を吐く。それから弱りすぎて、どちらもできなくなる。彼はわたしたちに、働き手は選んであることを思い出させる。そのなかには、はしかから生き残ったわたしも入っている。だから、どうしてこんなことがサーに起こるのか。彼はわたしたちが健康なのを羨ましがり、新しい家のことでだまされていると感じている。いま言えるのは、あなたの鉄鋼細工は見るからにすばらしいけど、家はまだ仕上がっていないということだけ。きらきら光るコブラが、いまだに門の頂きにキスしている。あの家は力強い。うわぐすりを待つばかり。家具はまだ入っていないけど、サーはそこに連れて行ってくれと言う。彼はマダムに、急げ急げ気にするな春の雨は何日も降り続くのだからと言う。病気のせいで、彼の心も顔も変わっている。ウィルとスカリはいなくなり、わたしたち女がそれぞれ毛布の端を持って、彼を家のなかに運んでいく。サーは大きく口を開けて眠っており、一度も目をさまさない。マダムもわたしたちも、サーが一分間でも生きていて、自分が横たわっている新しいサクラ材の床の匂いを嗅いだかどうか、わからない。わたしたちのほか誰もいない。わたしたちのほかには、サーに経帷子《きょうかたびら》を着せ、その死を悼《いた》む人はいない。ウィルとスカリはそっと忍びこんで、墓を掘ってくれなくては。二人は近づかないよう警告されている。近づきたくないと思っているわけではないと思う。彼らの主人が、病気がうつるといけないから近づくなと言っているのだ。助祭様は友達で、ソローが好きなのに、ここへは来ない。会衆の誰一人として来ない。それでもわたしたちは、彼を子供たちの隣りに埋葬するまでは、そのことを声に出しては言わない。マダムは口のなかに水ぶくれが二つあるのに気づく。それは、わたしたちがその言葉をささやくはじめてのときだ。天然痘と。わたしたちがそう言った次の朝、マダムの舌の上の二つは顔の上の二十三といっしょになった。みんなで二十五。マダムはわたしと同じほど、あなたがここにいてくれたらと願っている。マダムにとっては生命を救ってもらうため、わたしにとっては生命を授けてもらうため。

たぶんあなたは、太陽の光とか月の出とか、空にあるものに応じて、あなたの背中がどんな風に見えるか、全然知らないだろう。わたしはそこに休む。わたしの手、目、口が。わたしがはじめてあなたの背中を見たとき、あなたはふいごで火をおこしていた。光る水があなたの背中を流れ落ち、わたしはそれを舐めたいと切に思い、自分でも驚く。わたしは雌牛小屋に走りこみ、わたしのなかで起こっているこの気持ちを止めようとする。どんなものも止められない。あなただけ。あなたより他のどんなものも。わたしの一部が飢えているが、それは胃ではなく、わたしの目。あなたの動きを見つめる十分な時間はないからだ。あなたの腕が上がり、鉄を打つ。あなたは一方のひざをつく。背中を曲げる。あなたは作業をやめて、水を注ぐ。最初は鉄の上に。次にはあなたののどから下へ。あなたが知る前にわたしはこの世に生まれていて、すでにあなたから殺されている。わたしの口は開き、両脚はくにゃくにゃになり、心は伸びきって破れそう。

夜が来て、わたしは蠟燭を盗む。それから、蠟燭を灯すためポットに燠《おき》を入れて運ぶ。あなたをもっとよく見るために。蠟燭に火がつくと、わたしは炎を手で囲う。わたしは眠っているあなたを眺める。長く見つめすぎる。わたしはうかつだった。炎がわたしの手のひらを焼く。あなたが目覚めて、あなたを眺めているわたしを見たら、わたしは死ぬと思う。わたしは逃げる。そのとき、あなたを見ているわたしを、あなたは見ていたとは知らずに。ついに二人の目が合うが、わたしは死んではいない。はじめてわたしは生きる。

リナは鉤《かぎ》にかかったばかりのサケのようにいらだち、村で、わたしといっしょに待つ。ネイ兄弟の荷馬車は来ない。わたしたちは何時間も立って待ち、それから道端にすわる。一人の少年と犬が山羊を追って、そばを通りすぎる。彼は帽子をあげる。どんな人であれ、男の人がわたしにそういう挨拶をするのははじめてだ。それが好き。いい印だとわたしは考えるが、リナはわたしにたくさんの意見をする。自分の家にいるのでなければ、ぐずぐずしてはいけないと言う。すぐ帰らなくちゃ。あんたは馬を扱えないから、翌日の馬車、つまり新鮮なミルクと卵を市場に運ぶ荷馬車を探して帰らなくちゃだめよ、と。何人かがそばを通ってこちらを見るが、何も言わない。わたしたちは女だから、誰も怖がらない。リナがどういう人か知っているのに、あの人たちは赤の他人、という顔をする。わたしたちはさらに待ち、あんまり長く待ちすぎたので、パンもタラも取っておかないことにする。だから、わたしはタラをほとんど全部食べる。リナはひざの上に肘をついて額に手を当てる。彼女が不機嫌を放出するので、わたしは山羊飼いの帽子のことを考え続ける。

風は冷たく、雪の匂いがする。ついに荷馬車が来る。わたしはそれに乗る。車夫が手を貸してくれるが、わたしの背中に自分の手を長く強く押しつける。わたしは恥ずかしくなる。ネイ兄弟を別にすると、わたしたちは七人。春の雪で神経質になるのは馬だけではない。馬の尻は震え、馬はたてがみを振る。わたしたちも神経質になるが、じっとすわっている。その間も雪片は落ちてきて、ショールや帽子にとまり、わたしたちの睫毛《まつげ》に砂糖をかけ、男たちのウールのようなあごひげに粉をまぶす。二人の女が風に向かっているが、鞭のように吹きつける風が、髪をトウモロコシの穂に、目を細長い光る切傷にする。もう一人の女はマントで口を覆い、男に寄りかかる。黄色い豚の尻尾を持った少年が荷馬車の床にすわっているが、両手はくるぶしに縛りつけられている。足を覆うボロも毛布も持っていないのは、彼とわたしだけ。

突然柔らかい葉に降る雪はきれいだ。ひょっとしたら動物の追跡が容易になるほど長く地面に積もっているかもしれない。雪は殺しに最適なので、男たちはいつも雪になると大喜びだ。サーは、雪があるかぎり飢える人はいないはずだと言う。春でも同じ。ベリー類が芽を出し野菜が食べ頃になる前でさえ、川はハラゴで、空は鳥でいっぱいになるからだ。でも、この雪は重く、濡れていて、密だけど、長くは持たないだろう。わたしはスカートの下に足をたくしこむ。暖を取るためではなく、手紙を守るために。パンを包んだ布を、わたしはひざの上でしっかりつかんでいる。

マダムはあなたのもとに行く道を、わたしに覚えさせる。朝、わたしはネイ兄弟の荷馬車に乗る。荷馬車は郵便道路を北のほうへ行くからだ。居酒屋の前で一度停まってから、ちょうど正午過ぎに彼女がハートキルと呼ぶ場所に着き、わたしはそこで降りる。それから左のほうへ歩いて行き、アベナキ道路を西へ行く。アベナキ道路はすぐわかる。一本の若い小枝は天を向いているのに、他の小枝は地面にめりこまんばかりに曲がっているからだ。でも、ネイ兄弟の荷馬車は遅れすぎている。わたしが荷馬車に乗って、後尾の他の人たちの後ろの場所を占めたとき、すでに午後の遅い時間になっていたからだ。他の人たちはわたしがどこに行こうとしているのか訊こうとはせず、しばらくすると、前にいた場所のことをささやきあって喜んでいる。海のそばだよ、と女たちは言う。わたしらが船の掃除をして、男の人たちが船のコーキングやドックの修理をするのさ。借金の期間が終わったのは確かなのに、主人は終わってないって言いやがる。そして、わたしらを北の別の場所に送りこむんだよ。皮なめし工場で、もう数年働かせられるのさ。彼女たちがどうして悲しがっているのか、わたしにはわからない。みんな働かなきゃいけないからだ。あなた方は大事な人を置いてきてるんですか、とわたしは訊く。みんなの頭がわたしのほうに向く。風はおさまる。ばかな、と男が言い、わたしの向かい側の女は、若いのさ、と言う。同じことだよ、と男は言う。別の女は声を高くして、放っときな、と言う。大きすぎる声で。後ろの人たち、静かにすわっててくださいよ、と車夫がどなる。わたしをばかだと言った男は、かがんで踵《かかと》をひっかく。長い間、ひっかいている。他方、他の人たちは咳をしたり、靴の泥を落としたりする。まるで車夫の命令に挑戦するかのように。わたしの隣の女がささやく。皮なめし工場にはお棺はないの。酸のなかですぐ溶ける死があるだけよ。

わたしたちが着いたとき、居酒屋にランプの灯りはついていない。最初わたしには居酒屋が見えないが、同乗者の一人が指さしたので、みんなにもそこがわかる。木々を透かして明かりがまたたく。ネイ兄弟が入っていく。わたしたちは待つ。彼らは外に出て来て、馬やわたしたちに水をくれ、またなかに入る。その後、再び取っ組み合いのような音がする。見下ろすと、彼らの足首から落ちた綱が荷馬車の床に沿ってねじれているのが見える。雪は降りやみ、太陽の光はもうない。静かに、静かに六人が降りる。男たちが女たちを抱きとる。少年は一人で飛び降りる。三人の女たちがわたしのほうを身振りで示す。心臓がひっくり返りそうになって、わたしも飛び降りる。一同はわたしたちがやって来た方向に戻って、道端の木蔭のいちばんいいと思うところ、雪が少ないところへ進んでいく。わたしはあとを追わない。だが、荷馬車のなかに留まることもできない。胸に冷たい石を抱えているから。じわじわといじめにかかる見知らぬ男たちの間にたった一人でいてはいけないと、リナに注意してもらう必要はない。酒を飲んだり怒ったりすると、積み荷が失せたと言い出すからだ。わたしは即刻決断しなければならない。わたしはあなたを選び、西のほうの木立に入る。わたしのほしいものはみんな西方にある。あなた、あなたの話。マダムを回復させるとあなたが知ってる薬。あなたはわたしが言わねばならないことを聞き、わたしといっしょに帰ってくる。西方に行きさえすればいい。一日で？　二晩かけて？

わたしは道端に並んだ栗の木立の間を歩く。すでに葉を見せている何本かの木は、雪が解けるまで息を止めている。愚かな木々は、乾いた豆のように地面に蕾《つぼみ》を落とす。一本の若木は天を指しているのに他の若木は曲がって地面にめりこみそうになってる場所から、わたしは北に進む。それから、西のあなたのもとへ行く。光がみんな消えてしまう前にできるだけ距離を稼ぎたいのでわたしは急ぐ。地面は急な斜面になり、他に行く道はないので降りていくしかない。一生懸命努力したけど、迷子になってしまう。木の葉は新しすぎて避難所にはならないし、どこもかしこも雪でぬかるみ、足もとはすべって水たまりになる。空はスグリの実の色。もっと進めるだろうか、とわたしは心に問う。進むべきか。二羽の野ウサギが立ち止まってから、跳んで逃げる。その意味をどう読めばいいのか、わからない。闇のなかで水が入江に向かって流れていく音がする。月光は若い。わたしは片方の腕を前に突き出し、つまずいて転ばないようにゆっくり歩く。だが、あの音は松の木を滴《したた》り落ちる音だ。小川も流れもないから。わたしは手をコップのように曲げ、降る雪をそれに受けて飲む。獣の足音もしないし、どんな形も見えない。だが、濡れた皮の匂いがするので、わたしは立ち止まる。わたしがその匂いを嗅いでいるとすれば、それもわたしの匂いを嗅いでいるはず。わたしの食物袋には匂いのあるものは何も残っていない。入っているのはパンだけだ。獣はわたしより大きいのか、小さいのか、一匹だけなのかどうかもわからない。わたしはじっとしていることにする。それが立ち去る足音は全然聞こえないが、ついに匂いは薄くなる。わたしは木に登ったほうがいいと思う。松の古木はとても大きい。どの木でも、いい隠れ家になる。木が裂け、わたしにあらがうけれど。松の枝は揺れるが、わたしの体重がかかっても折れはしない。わたしは這うもの、垂れさがるものすべてから隠れる。眠れないことはわかっている。怖すぎるから。枝が軋《きし》って曲がる。今夜の計画はまずい。荒野での隠れ家の作り方を、リナに教えてもらわなくちゃ。

リナはお祭り気分や関係者全員の神経過敏な満足感には関心がなく、そこには入ろうとせず、近くまで行きさえしなかった。サーがどうしても建てたいといった三番目の、そしておそらくは最後の家は陽光を歪めたし、五十本の木を伐り倒さねばならなかった。そしていま、サーはそこで死んだので、永久にその部屋部屋に憑きまとうことだろう。サーが建てた最初の家は、泥の床と緑の木でできていて、彼女が生まれた木の皮葺《ぶ》きの家より弱かった。二番目の家は頑丈だった。彼は最初の家を取り壊して、四つ部屋のある二番目の家に木の床を貼った。上品な暖炉や上等のきっちりした鎧戸《よろいど》もつけた。三番目の家は必要なかった。だが、そこに住むか相続する子供が誰もいなくなったまさにそのとき、彼はもう一つの家、ずっと大きな二階建てで、旅行中に見た家のようなフェンスと門のついた家を建てる気になったのだ。マダムはため息をついて、少なくとも建築作業のために彼はもっと家にいることになるわね、とリナに打ち明けた。

「商売と旅行で頭がいっぱいなのよ」と彼女は言った。「でも、わたしたちが結婚したときは農民で満足していたの。それが、いまになって……」白鳥の羽を引き抜くにつれて、彼女の声はしだいに細くなった。

しかし、建築の間中、マダムは顔から微笑を絶やさなかった。他のみんな、雇われ手伝い人のウィルとスカリや配達人と同じように。彼女は幸せだった。まるで刈り入れどきのように料理をしながら。愚かなソローは嬉しそうに大きく口を開け、鍛冶屋は笑っていた。フロレンスは風のなかのシダのように魂を失っている。それから、サーは――彼女はこのときほどサーが上機嫌なところを見たことがない。不運な息子たちが生まれたときも、娘を持って喜んだときも、自慢たらたらだった特別大成功のビジネスの取り決めのときでさえ、これほどではなかった。それは、突然の変化ではなく、奥深い変化だった。サーはその前の数年間はふさぎこみ、無愛想だったが、木々を伐り倒し、代わりに自分を記念する冒瀆的な記念碑を建てようと決心したときは、覚めている間中ずっといそいそとしていた。

木々の許しも得ないで、あれほどの数の木を伐ったから、もちろん彼のこの企《たくら》みが不運を喚《よ》び出したのだろう。確かに、家の完成が間近になったとき、彼は家のことしか考えない有様で、病気になった。リナにとって彼は謎だった。ヨーロッパ人はみんな謎だ。一度はリナを怖がらせ、次には救い出した。いまは単に当惑させているだけだ。どうしてマダムは、愛に夢中で何もできなくなった女の子を鍛冶屋探しに行かせたのだろう、と彼女は考えた。どうして自分のプライドを踏みにじって、アナバプティストの一人を捜し出さなかったのか。助祭様なら大喜びで探してくれただろうに。かわいそうなフロレンス、とリナは考えた。たとえ盗まれ殺されたりしないにしても、無事に彼を探し出したら、彼女は帰ってこないだろう。どうして帰ってくるわけがある？　リナは最初はおだやかな興味で、その後はしだいに苦痛の思いをつのらせて、サーのばかげた家の仕事をするため、鍛冶屋がやってきた朝にはじまる求愛のさまを観察してきた。フロレンス、あの仰天した雌鹿は、彼が馬から降りて帽子を脱ぎ、ここはヴァーク農場ですかと訊くのを見て、じっと立ちつくした。リナはミルク入りのバケツを左の手に持ちかえ、丘の上を指さした。マダムは雌牛を曳《ひ》いて小屋の隅から出て、何用かと訊き、彼が答えると歯を吸った。「ここで、ちょっと待ってくださいね」

「おやまあ」と彼女はつぶやき、下唇を突き出して、額から髪の毛を吹き払った。

マダムが雌牛を牧場へ連れていく間、鍛冶屋は帽子を頭に戻す前にリナと視線をからませた。彼は一度も、そばに突っ立っているフロレンスのほうは見なかった。フロレンスは息をつめて、まるで重力が自分を大地に縛りつけておく手伝いをしているかのように、両手で搾乳用腰掛けを抱えている。そのときリナは、この結果がどうなるか予測しなければならなかったが、尻軽のソローのほうがすぐに彼の注意を惹いて、フロレンスの欲求をくじくだろうと確信していた。だが、マダムから彼が自由民だと聞いて、彼女の心配は倍加した。では、鍛冶屋にはサーと同じような権利や特権があるのだ。彼は結婚することができ、物を所有し、旅行し、自分自身の労働を売ることができる。彼女はその危険をただちに見てとるべきだった。明らかに彼は傲慢だったから。マダムが両手をエプロンで拭きながら戻ってきたとき、彼はもう一度帽子を取った。だが、そのときアフリカ人なら絶対にしないことをした。つまり視線を下に向けて、マダムをまっすぐ見つめたのだ。彼は背が高かった。雄羊のような黄色くて斜視の目をしていたが、一度もまたたきはしなかった。では、リナが耳にした噂、つまりアフリカ人がまっすぐ見つめてもいいのは子供たちと愛する者だけ、他のすべての人々にとって、まっすぐな視線は不遜《ふそん》か脅しに見えるということは、真実ではなかったのだ。村が大火ですっかり焼け落ちたあと、リナが連れていかれた町では、アフリカ人がそのような大胆な態度を取ると、鞭打ちをしても法に背《そむ》くことにはならなかった。これは推《お》し量ることのできない謎だった。ヨーロッパ人は平気で母親を切り殺したり、ヘラジカの呼び声より大きな音を立てて老人の顔を小銃で吹っ飛ばしたりするが、非ヨーロッパ人がヨーロッパ人の目を見つめると怒り狂う。彼らは一方の手であなた方の家に火をつけ、もう一方の手であなた方に食物を与え、養い、祝福する。彼らを判断するには、一度に一人ずつがいちばんいい。少なくとも一人は友達になることができるという証拠だ。そういうわけで、リナはマダムのベッドのそばの床の上で眠り、ソローが近づいてきたりマダムが何か入り用になったりするかもしれないので、その番をするというわけだ。

かつて、昔々、リナがもっと年取っているか治療術を学んでいるかしたら、家族や周囲で死んでいく人全員の苦痛を軽くしてやれたかもしれない。彼らは湖岸の波が打ち寄せるところの藺《い》で編んだ茣蓙《ござ》の上や、村やその向こうの森のなかの小道に丸くなり、たいていは耐えることもできねば捨てることもできない毛布を嚙みながら、死んでいった。まず幼児が黙って倒れ、母親たちは子供の骨の上に土を盛っている間も汗をかき、トウモロコシの穂のように弱っていた。彼女と二人の幼い少年たちは必死でカラスを追い払ったが、所詮鳥や臭いには勝てず、オオカミがやってくると、ブナの木にできるだけ高く登ることしかできなかった。彼らはそこに一晩中留まり、獣たちの歯嚙み、いななき、唸《うな》り声、争いあう音を聞いた。最悪だったのは、ついに満腹して静かになった獣の動静を感じとることだった。夜明けになると、彼らのうち誰一人として、死体から引き裂かれるか、昆虫の処分にまかされた肉のかけらを名前で呼ぼうとはしなかった。お昼ごろ、ちょうど彼らが湖にもやってあるカヌーの一隻のところへ走って行こうと決心したとき、ぼろで顔を包んだ青い制服の男たちがやって来た。彼女の村を席捲《せっけん》した死病の知らせが届いたのだ。救われるというリナの喜びは崩れさった。兵士たちはあたりに散らばった屍肉を食い荒らすカラスやハゲワシを一目見て、オオカミを射殺すると、村全体に火をかけた。屍肉が飛びさってしまうと、リナは隠れたままがいいのか、オオカミ同様射殺される危険を冒すほうがよいのか、わからなかった。しかし、男の子たちが木々の枝の上から声をかぎりに救いを求めたため、ついに男たちはその声を聞き、子供たちが飛び降りると、「そっと、坊や、そっと」と言いながら一人ずつ両腕に抱きとった。たとえ小さな生存者たちが病気を感染させるのではないかと心配していたとしても、彼らはその懸念を無視した。真の兵士たちだったので、小さな子供たちを虐殺したくなかったのだ。

彼らが少年たちをどこに連れていったかは全然わからなかったが、リナは親切な長老派の人々に引き取られ、その人々といっしょに暮らすことになった。彼らは彼女と暮らせるのが嬉しい、と言った。自分たちと同じほど一生懸命に働くネイティヴ・アメリカンの女性には感心しているからだ、と言った。だが、ジェントルマン階級の人々のように、一日中漁をしたり狩りをしたりするだけのネイティヴ・アメリカンの男たちは軽蔑している、と言った。ジェントルマン階級と言っても、貧乏になったジェントルマン階級のことだった。彼らは何も所有しておらず、確かに自分たちが眠る当の土地さえ彼らのものではなく、正真正銘の貧民として暮らすほうを好んでいた。教会の長老たちの何人かは、怠け者や冒瀆者に対する神の怒りについての恐ろしい物語――傲慢で冒瀆的な生まれ故郷の町へ黒死病、次には燃えさかる火を送りこんだ――を聞いたり、目撃したりしていたため、リナの一族が死ぬ前に、わが身に起こったことは神の不快感の最初の徴にすぎないこと、七つの薬瓶のうちの一つを注いでいるのであって、最後の瓶は神の降臨と若いエルサレムの誕生を告げるものだということを理解してくれるよう、ただただ祈ることしかできなかった、と言った。長老派の人々はひょっとしたらと考えて、彼女をメッサリナ（ローマ皇帝クローディアスの三番目の妃。不品行で有名）と命名したが、リナと約《つづ》めて呼んで、わずかな希望を表わすことにした。リナは再び隠れ家を失うのが怖く、家族もなく、この世で独りぼっちでいることが恐ろしかった。それで、異教徒としての身分を認めて、これらの立派な人々からわが身を浄化してもらうことにした。また、裸になって川で体を洗うことは罪であり、サクランボがたわわになっている木々からその実を摘み取ることは窃盗で、トウモロコシのお粥を指で食べるのは行儀が悪いということを学んだ。神様は何よりも怠惰を憎んでおられますから、遠い虚空をにらんでお母さんや遊び友達のために泣くのは天罰を招くようなものですよ。獣の皮で体を覆うのは神を怒らせることになると言って、彼らは彼女の鹿皮のドレスを焼き、上等のダッフル地の服をくれた。また、彼女の腕からビーズ飾りを切り取り、髪にはさみを入れて数インチ切った。彼らが参列する日曜日の礼拝のどれにも、彼女がついていくのを許そうとしなかったが、毎日、朝食の前、午前中、そして夕方の祈りのなかで彼女のために祈った。しかし、リナが長老派の人々に降参し、懇願し、ひざをついて頼んでも、褒めたたえても、そこに置いてもらう役には立たなかった。どんなに一生懸命戦っても、とにかくメッサリナ的部分が噴出したので、長老派の人々は別れの言葉さえつぶやかず、彼女を捨てた。

リナは独りぼっちで、怒り、傷つき、母親が苦しみながら死ぬ前に教えてくれた事柄の切れ切れを繋ぎあわせて、わが身を守ろうとした。その決心をしたのは、捨てられた少しあと、隅で巣を作っている雌鶏を注意深く避けながら、サーの土間を枝箒《えだぼうき》で掃いているときだった。記憶と自分自身の才覚を頼りに、彼女はなおざりにしていた儀式をつぎはぎして、ヨーロッパの薬とネイティヴ・アメリカンの薬、聖書と民話を融合させ、いろいろな物の隠れた意味を思い出すか作り出すかした。言い換えれば、この世で生きていく方法を見いだしたのだ。村のなかには慰めも住む場所もなかった。サーはいたり、いなかったりした。彼女が隠者の技術を駆使して自然の世界で動いていくもう一つの力にならなかったら、孤独で押しつぶされてしまっただろう。彼女は鳥といっしょにカアカア鳴き、植物と語り、リスに話しかけ、雌牛に歌ってやり、口を開いて雨を受けた。家族の破滅から生き残った恥は、決して人を裏切るまい、大事な人は誰一人見捨てないようにしようという誓いをたてると同時に、縮んでいった。死んでいった人々が住んでいた村の思い出はゆっくりと灰になり、その代わりに一つのイメージが生まれてきた。火。火のまわりはなんと早かったことか。火はいかに意図的に、建てられたもの、生命あるものを食いつくしたか。

だが、ある意味ではものを浄化し、その姿は憤激するほど美しかった。質素な炉端にいるとき、または湯を沸かすため火を強めようとするときでさえ、彼女は興奮の甘い痛みを感じた。

妻の到着を待っている間、サーはハリケーンのように大活躍して、自然を統御しようと懸命に働いた。どこであれ彼が働いていた畑や森林地にリナが食事を運んでいくと、彼は一度ならず頭をのけぞらせて、空を見つめていた。まるで土地が彼の意志に従うのを拒《こば》んでいることに絶望して、どうすればいいか考えているかのように。二人はいっしょに家禽《かきん》や根付け肥料の在庫に気を配り、トウモロコシや野菜の種を植えた。しかし、捕まえた魚の干し方、産卵を予期して夜の生き物から産物を守る方法について彼に教えたのは、リナだった。それでいて、十四日も降り続く雨とか五十五日も続いた旱魃《かんばつ》にはどう対処すればいいか、どちらにもわからなかった。黒いハエの大群が垂れ幕のように舞い降り、家畜や馬の動きを封じ、否応《いやおう》なしに家畜を屋内に避難させねばならなくなったとき、彼らは無力だった。リナ自身はあまり物を知らなかったが、彼が農民としてはどんなに無能であるかはよくわかった。少なくともリナは、苗木と雑草を区別することはできた。ところが彼は農業の生命力のもととなる忍耐力もなく、近所の村人たちから助言を求めることは嫌がり、荒々しく嘲笑的な気候の変化や、普通の捕食動物は自分たちが食べる餌が誰のものか知りもしなければ知ろうともしないという事実については、永久に備えができていなかった。彼は肥料としてエールワイフ（北米産ニシンの一種）を使うのはやめたほうがいいというリナの警告を無視し、その結果、匂いで引き寄せられた掠奪者によって、何区画もの柔らかい野菜が食い荒らされているのを見いだした。また、トウモロコシの間に南瓜を植えようとはしなかった。雑草を寄せつけないブドウの蔓《つる》が茂るのは大目に見ていたものの、無秩序な有様になるのは嫌った。だが、動物の飼育や建築は上手だった。

それは報いのない生活だった。危険な天候にならないかぎり、リナは雛に巣を作ってやった。だが、妻が到着する直前、彼は一日で牛小屋を取り壊した。その間中、リナは「はい、旦那様」のほかに五十語くらいは口にしただろうか。世界の死に先立つ六年間を消し去っていなかったら、孤独と後悔と怒りで彼女は破滅していただろう。他の子供たちとの交際、美しい宝石をつけた勤勉な母親たち、壮大な生活設計。いつ休閑にして、いつ収穫するか、いつ燃やして、いつ狩るか。葬式、誕生、礼拝。リナはあえて思い出したいものを選《よ》り分け、さらに選り分け、残りを排除した。これは、彼女の内と外を形成する活動だった。マダムが到着したときには、リナの自己改革はほとんど完成していた。まもなくそれはやむにやまれぬ力になった。

リナは魔法の小石をマダムの枕の下に置き、ミントで部屋をさわやかにし、患者の体から邪霊を引き出すため、マダムのただれた口にアンジェリカの根を押しこんだ。それから知っているかぎりの最も強力な治療薬を調合した。松虫草、蓬《よもぎ》、弟切草《おとぎりそう》、アディアンタム、蔓日日草《つるにちにちそう》入りの薬を沸騰させて、漉《こ》し、それをスプーンでマダムの歯の間に差し入れた。また、長老派の人々から教わったいくつかの祈りを繰り返そうかと思ったが、どの祈りもサーを救えなかったことを考えて、やめた。彼はすぐ死んだ。マダムに向かって大声をあげ、それから、ささやき声で三番目の家に連れていってくれと頼んだ。そこに住むべき子供たちも子供たちの子供たちもいないので、いまでは無用になった大きな家に。家の大きさに畏《おそ》れ戦《おのの》いて立つ人もいなければ、鍛冶屋が二カ月かけて作った陰気な門に感嘆する人もいない。門の頂きで二匹の蛇が出会っていた。サーの最後の願いで二匹が引き離されたとき、リナは自分が地獄の亡者たちの世界に入りこむような気がした。だが、鍛冶屋の仕事は大の男にしてはばかげた時間の浪費にすぎなかったとしても、彼の存在は違う。彼は一人の少女を成熟した女にし、もう一人の生命を救った。ソロー。黒い歯をして、雌狐の目をしたソロー。頭は、一度も櫛《くし》を入れたことのない入陽色のウールのような髪で覆われている。サーから買われたのではなく受け入れられて、この家に入ってきたが、リナより後、フロレンスの前だった。そして、クジラに引きずられて海岸に打ち上げられたということ以外、いまだに過去の生活についての記憶はない。

「クジラじゃないわよ」とマダムは言った。「それは確か。彼女はモホーク地方のノース川の水のなかを歩いていて、二人の若い木挽きが底引き網で彼女を引き上げたときには溺れ死にしかけてたの。二人は彼女の上に毛布をかけてから、彼女が横たわっていた川岸に自分たちの父親を連れてきたのよ。彼女は沈没した船の上で、一人で暮らしていたらしいわ。あの人たち、彼女を男の子だと思ってたそうよ」

そのときも、その後も、彼女はどうしてそこに行ったのか、どこにいたのか、決して語ろうとはしなかった。木挽きの妻は彼女にソローという名をつけたが、もっともだとリナは考えた。たえずどこかへさまよい出ては迷子になり、何も知らず、少ししか働かないばかな女の子を冬中養ったあと、木挽きの妻は夫に彼女を追い出してくれと頼んだ。息子たちが、この奇妙で憂鬱《ゆううつ》そうな少女に熱い注意を向けはじめたからだ。夫はその頼みを容れて、少女に悪いことはしないと信用できる顧客に彼女の世話を頼んだ。その顧客がサーだった。ソローがサーの馬の手綱を引いて到着したとき、マダムは困惑の表情をほとんど隠さなかったが、ここで手伝ってもらうことはできるだろうと言った。サーが旅行ばかりしているとすれば、二人の百姓女と四歳の娘だけでは不十分だったからだ。サーが長老派の人々からリナを買ったとき、彼女は背の高い十四歳の娘になっていた。彼は町の印刷所に貼ってあった広告を探したのだった。「天然痘とハシカを患ったことのある有望な女性……ほぼ九歳の有望なニグロ少年……台所仕事に重宝する少女ないし女性、分別あり、英語を上手に話す。肌の色は黄色と黒の中間……田舎の仕事がよくわかっている白人女性、年季奉公の残り五年。二歳以上の子供あり……天然痘による深いあばたのあるムラト、正直でまじめ……給仕に最適の白人青年……白人黒人を問わず、馬車を馭《ぎょ》すことのできる召使いを求む……まじめで慎重な女性……当方二十九歳の有望な白人女性で、子供あり……賃貸用の健康なドイツ人女性……がっしりして、健康、健康な、強い、強い、健康な、有望で、まじめ、まじめ、まじめ……」ついに彼は「キリスト教徒で、家庭内のあらゆる仕事ができる、元気な女性。品物ないし正貨との交換可」にたどりついたのだった。

新妻の到着を待っている独身男性として、彼は正確にこのような女に自分の土地で働いてもらいたかった。その頃までには、リナの泣きはらした目は収まり、顔や両腕、脚の鞭の痕は癒えて、ほとんど目立たないほどになっていた。長老派の人々はたぶん彼女につけた名前に自分たちの先見の明を認めてはいただろうが、彼女の身に何が起こったのかは決して訊かなかったし、語ってやる必要もなかった。彼女には法律上の身分も姓もなく、ヨーロッパ人を非難する彼女の言葉をまともに取り上げる人もいなかった。彼らがやったのは、「元気な女性……」という広告の言葉について印刷屋と相談したことくらいだった。

ヨーロッパ人の妻が荷馬車から降り立つと、たちまち彼女たちの間に敵意が生まれた。すでに家を切りまわしていた健康で美しい女性は新妻を困惑させた。他方、不器用なヨーロッパ人の若い女性が主人面して威張るのが、リナにはがまんならなかった。だが、荒野ではまったく役に立たない敵意は、生まれる前に死んだ。リナがマダムの初児《ういご》の産婆をつとめる前ですら、どちらも冷静さを保つことはできなかった。欺瞞的な競いあいは、大変な労力を必要とする土地では何の価値もない。その上、彼女たちは仲間になった。やがて、身分よりずっと興味深いものを発見した。レベッカは自分の過ちを大声で笑いとばし、きまり悪がらずに助けを求めた。リナは藁《わら》のなかに置き忘れたベリー類が腐りかけているのを発見したとき、自分の額を叩いた。こうして、彼女たちは友達になった。誰かがもう一人の腕からスズメバチの針を抜かねばならなかったからだけではない。雌牛をフェンスから押し退けるには二人の力が必要だったからだけでもない。一人が頭を押さえている間に、もう一人が牛の足を縛らねばならなかったからでもなかった。たいていは、どちらも自分たちが何をやっているのか、どういう風にやっているのか、わからなかったためだ。いっしょに試行錯誤をやって、二人は学んでいった。狐を寄せつけないものは何か。肥料はどうやって、いつ作って、撒《ま》くものか。食べられるものと毒になるものとの違い。オオアワガエリの甘い味。ハシカにかかった豚の特徴。何が赤ん坊の便を液状にし、何が痛みが出るほど固くするのか。マダムにとっては、農場の仕事は退屈な仕事というよりは冒険だった。その上、彼女には日毎《ひごと》にますます多くの歓びを与えてくれるサーがいた。まもなく娘のパトリシアンが生まれ、娘と夫の二人が、リナが取り上げては毎年埋葬しなければならなかった短命の幼児についての母親の悲しみを和《やわ》らげてくれたのだ、とリナは考えた。サーがソローを連れて帰ってきたときには、家を守る女たちは困惑して、がっちりと防衛線を張った。マダムにとってソローは役立たずだった。リナにとっては肉の形を取った悪運だった。赤い髪、黒い歯、首に何度もできるおでき。それに、濃すぎる睫毛をした銀灰色の目の表情はリナの首筋の毛を逆立てさせた。

マダムがソローに裁縫を教えている間、リナはじっとそれを観察した。裁縫はソローが気に入って、上手にできるたった一つの仕事だった。サーが彼女の夜歩きを止めさせるためだと言って、すべての季節を通して少女を炉端に寝させることにしたときも、リナは何も言わなかった。リナはこの厚遇の効果はあやしいと思ってはいたものの、悪い気候のときでさえ羨やみはしなかった。彼女の民族は一千年の間、雨露をしのげる都市を建ててきた。そして、ヨーロッパ人の死の足が来なければ、もう千年の間そのような都市を建て続けたかもしれない。結果から言うと、アメリカ・インディアン部族連合の首長は誤りを犯して、死んだ。ヨーロッパ人は逃げもしなければ、死にもしなかったからだ。事実、子供たちの世話をしていた老女たちが言うには、首長は自分の予言が間違っていたことを謝り、いかに多くの人間が無知または病気で倒れようとも、もっと多くの人々がたえずやって来ることを認めたという。犬の吠え声のような言葉を話す人々、動物の毛皮を子供のようにほしがる連中が。彼らは未来永劫フェンスで土地を囲いこみ、木々を根こそぎ伐って船で遠い国々へ送り、束《つか》の間の歓びのためにどんな女性をも奪い、土壌を破壊し、聖所を汚し、愚鈍で想像力のない神を崇拝するだろう、と。彼らは大洋の岸辺に豚を放牧して岸辺を砂丘に変え、緑は二度と決して生えない場所にしてしまう。大地の魂から土地を切り離して、その土地を買うことに固執し、孤児という孤児と同じように飽くことを知らない。彼らは世界を嚙みつぶして、すべての先住民を破滅させる身の毛のよだつ種を吐き出すのだ。それについては、リナはあまり確信はなかった。サーとマダムが農場を経営しようとするやり方から考えると、首長が訂正した予言には例外があることがわかった。二人は大地と財産の違いに留意し、隣人たちはそんなことはしなかったが、家畜を柵で囲いこみ、畑を荒らす豚は殺しても法には触れなかったにもかかわらず、ためらって殺さなかった。彼らは家畜といっしょに土地を食いつぶすのではなく、むしろ耕作によって生計を立てようとしたが、これは利益を低く抑える方策だった。そういうわけで、リナは多少ともサーとマダムの判断は尊重していたものの、彼らの直観は信用しなかった。彼らに真の洞察力があれば、あれほど近くにソローを置くことは決してしないはずだった。

ソローはたえず注意していなければならないので、いっしょに働きにくい相手だった。とくにいまの夜明けのようなときには。夜明けには、必要から彼女に乳しぼりをさせたが、妊娠していたのでうまくスツールに腰かけることができず、牛の乳房の扱い方が下手で、雌牛から蹴られたとソローは苦情を言った。それでリナは病室を離れて、雌牛の様子を見に行った。彼女はまず牛に話しかけ、少しハミングしてやり、次にクリームを塗った掌で柔らかい乳首をゆっくり揺すってやった。雌牛が安堵している場合でなければ、乳の出は散発的になって搾乳はできなくなる。

だから、リナは雌牛にオイルを塗って慰めてから、急いで家に引き返した。マダムをソローと二人きりにするのはよくないし、胎児で彼女のお腹が下がっているいまは、さらに信用できなかった。最上のときでさえ、その少女は尻尾のように惨めさを引きずっていたのだから。リナの村にもそんな男がいた。男の名は故郷の言語の他の言葉と同じように忘れてしまったが、周囲に与える彼の影響をほのめかして「後ろから木々が倒れてくる」という意味の名前だった。ソローのいるところでは、いくらかきまぜても卵は泡立たないし、粉と卵と牛乳を混ぜ合わせたケーキ用生地にバターを入れてもふんわり軽くはならなかった。リナは、マダムの息子たちが早死にしたのは、ソローという自然の呪いがもとにあると確信していた。それで、二番目の息子が死んだあと、その危険についてマダムに知らせなければならないと思った。彼女たちがサーの帰宅に備えて、ミンスパイの中身を作っているときのことだ。朝からぐつぐつ煮えていた牛の足は、いまでは冷めている。バラバラにした骨はテーブルの上にあって、ラードと軟骨を加えて沸騰させるのを待っていた。

「ある人々は、意図的に悪いことをするんですよ」とリナは言った。「他の人たちは、その人たちが仕出かす悪については、どうすることもできません」

マダムは顔を上げた。「あんた、何のことを言ってるの?」

「息子さん、ジョン・ジェイコブのことですよ。あの子はソローが来てから死にました」

「おやめ、リナ。昔のみじめな事件を思い出させないで。わたしの赤ん坊は熱病で死んだのよ」

「でも、パトリシアンも病気になったし、それから——」

「おやめ、って言ったでしょ。あの子がわたしの腕のなかで死んだだけで十分よ。だから、未開人のナンセンスなんか付け加えないでちょうだい」マダムは、歯が生える間も幼児の体が弱かったことを厳しい声でえんえんと語り続け、肉を切り、それから干しブドウとリンゴのスライスと生姜と砂糖を、そのなかに入れて、かきまわした。リナが大きなジャーをそばに押しやり、二人はその混ぜ物をジャーにスプーンで注ぎこんだ。それからリナがジャーの上までブランデーを入れて封をした。四週間かそれ以上外に出しておくと、クリスマスのとき、パイ皮にふさわしくなる。その間、マダムは味つけした湯が沸騰している深鍋のなかに仔牛の脳と心臓を落としこんだ。バターでフライにして、卵のスライスを付け合わせにしたこのような夕食は、ご馳走になるはずだ。

いまは、信用できない上に、草やブドウの蔓と話すためにさまよい出るだけでは足りないのか、ソローは妊娠している。もうすぐもう一人の処女の子が生まれそうだが、たぶん不幸なことにこの子は死なないだろう。だが、もしマダムが死んだら、どうなる？　わたしたちは誰に頼ればいいのか。バプティスト教会の人々は、かつてサーが二番目の家と屋外便所を建てたときは、無償の援助をしてくれ、門柱にするためシロマツを伐り倒すときは喜んで手を貸した。だがその後、彼らとサーの間は冷たくなった。一部には、彼らがマダムの子供たちを天国から締め出したことで、マダムが彼らを憎んでいたためだが、ソローがひそんでいることが彼らを怖がらせているのだ、とリナは考えていた。何年も前、バプティストの人々は一対のサケを持ってきたり、要らなくなった揺りかごをマダムの赤ん坊にくれたりした。それに、助祭は幾かごかの苺やブルーベリー、いろんな種類のナッツをくれると当てにすることができたし、一度は鹿肉の後四半部をまるごとくれたこともある。もちろんいま、バプティストの人々だろうと他のどんな人だろうと、天然痘患者の家を訪れる人はいない。ウイラードとスカリも来なかった。それで、リナは落胆すべきではないとわかってはいたが、落胆した。結局、二人ともヨーロッパ人だったのだ。ウィラードはだんだん歳を取ってきたが、いまだに借りを返すための労働をさせられていた。最初の七年間の契約は二十数年に引き延ばされていたが、農奴としての身分が延長される原因となった悪さはほとんど忘れちまったよ、と彼は言った。彼が微笑を浮かべて思い出すものは、みんなラム酒に関係していた。その他は逃げようとしたことだった。若くて立派な骨格をしたスカリにはうっすらと背中に伸びる傷痕があったが、彼には計画があった。彼は母親がした契約を終えかけていたが、真実のところ、いつまで続くのかは知らなかったという。だが、ウィラードやリナの場合とは違い、奴隷としてのおれの身分は死ぬ前には終わるよ、と自慢していた。彼は「不服従と淫乱」のかどで植民地に追放された女の息子だった。彼によると、母のこの悪癖はどちらも収まらなかったという。彼女が死ぬと、その契約を息子が肩代わりすることになった。それから、スカリの父親だという男が現われて借金の清算をやり、まもなく終わる契約期間の間、少年を現在の主人に貸し出すことによって幾許《いくばく》かの金を手に入れた。正確にいつその期間が終わるかは、スカリには明らかにされなかったが。それが書いてある法律文書があるのだ、と彼はリナに言った。だが、彼はそれを見ていないか、見ても読み解くことができなかったのだろう、とリナは推測した。彼が確かに知っていたのは、解放料として、馬一頭買うか商売を始めることができるほど、たっぷり金がもらえるということだけだった。どんな商売？　とリナは自問した。その解放料がもらえるすばらしい日がすぐに来なかったら、彼も逃げるだろう、と彼女は考えた。ひょっとしたらウィラードにはとうてい無理な幸運がつかめるかもしれない。年上のウィラードよりは賢いし、まじめだから、彼は成功するかもしれない。それでもまだ疑わしい、と彼女は思った。自分の労働を売るという彼の夢は、ただの夢にすぎない。睡眠が問題でなければ彼はウイラードと寝ることに反対はしないだろう、と彼女にはわかっていた。親戚も息子もいないサーが自分の屋敷に男を入れなかったのは、ふしぎではない。それは道理に適《かな》っていた。適っていない場合を除けば。一人は寝たきりの病人、もう一人は臨月近い女という世を嘆く二人の女と、愛で正気を失った野放しの少女、それに月の出を含むすべてに確信が持てなくなった自分しかいないいまのような場合を別にすれば。

死なないで、マダム。死なないで。彼女自身、ソロー、新生児、たぶんフロレンス——三人の主人のいない女たちとここで生まれる新生児は天涯孤独で、誰のものでもなく、誰にとってもやりたい放題の獲物になる。彼女たちのうち誰もここを相続することはできないし、教会に所属している者も、教会の帳簿に記入されている者もいない。女で、法的身分はないので、マダムが死んだあとここに留まり続けるとしたら、侵入者、不法占拠者になり、買われるか、雇われるか、攻撃されるか、誘拐されるか、追放される対象になるだろう。農場はバプティスト教会の人々が所有権を主張するか、競買にかけられて、彼らのものになるだろう。リナはこの小さくて緊密な家族のなかの自分の場所が気に入っていたが、いまその愚かしさに気がついた。サーとマダムは正直で、自由な思想に基づく生活を送ることができると信じていたが、後継ぎがいなければ、彼らの仕事はツバメの巣以下のものになる。彼らが他の人々と疎遠になったことが自己中心的な私生活を生み出し、その結果、同族の慰めや避難所を失ってしまった。バプティスト、長老派、部族、軍隊、家族など、何らかの自分たちを囲む外部のものが必要だった。プライドだ、と彼女は考えた。プライドが、必要なのは自分たちだけで、自分たち本位の生き方ができると思いこませたのだ。アダムとイヴのように。リナは彼らに警告を与えるべきだったが、彼らを献身的に愛していたため、無の神々のように。リナは彼らに警告を与えるべきだったが、彼らを献身的に愛していたため、無礼なことはしまいと用心したのだ。それでもサーが生きているかぎり、彼らは家族ではなく志を一つにするグループですらない、という事実を覆い隠すのは容易だった。彼女たちは、それぞれみんなが孤児だった。

リナは小さな窓の波打つ窓ガラス越しに外を見つめた。そこからは浮気な太陽が、マダムのベッドの足もとに柔らかく黄色い光を注ぎかけている。外の小道の遠い側の彼方にはブナの林があった。いつものように彼女はブナに話しかけた。

「あなたとわたし、この土地はわたしたちの家よ」と彼女はささやいた。「でも、あなたとは違って、わたしはここでは根なし草なの」

リナのマダムはいまぶつぶつと、リナか自分自身に何かの話、その目線の鋭さからすると非常に重要な事柄について話している。痛む傷が並んだ口の、動きもしない舌を使っているけど、何がそんなに大事なのかしら、とリナは考えた。マダムは包帯を巻いた手をあげて打ち振った。リナは振り向いて、どこに目の焦点が定まっているのか見ようとした。マダムがきれいなもの、まだ使ってないサーからの贈り物などを大事にしまっているトランクだ。レースの衿、上品な女ならかぶろうとはしない帽子。帽子に挿された孔雀の羽根は押されて、すでに破れている。幾つかの長い絹布のいちばん上に、凝ったフレームにはめこまれた小さな鏡があった。フレームの銀は黒く汚れている。

「それをちょうだい」とマダムが言った。

リナは心のなかで、だめ、お願いよ、見ないで、と言いながら、鏡を取り上げた。よくなっても、マダム自身の顔を絶対に探さないで。鏡像が魂を呑みこむといけないから。

「いそーいで」とマダムはうめいた。その懇願の口調はまるで子供だ。

命令を聞かないわけにはいかないので、リナはマダムのところへ鏡を持っていって、手袋をはめた両手の間に置いた。いまではマダムが死ぬと確信していた。だがその確信は、彼女自身にとっても一種の死を意味することになる。彼女自身の生命をはじめ他のすべてが、マダムの生存にかかっており、それはフロレンスの成功にかかっていたのだから。

リナはフロレンスが雪のなかで震えているのを見たとたん、彼女に恋した。首の長いおびえた子は何週間も口を利かなかったが、口を利いたときには、その子の歌うような明るい声は耳に快《こころよ》かった。とにかく、その子供は、ささやかでも永遠に続く家恋しさをなんとか払拭した。かつてはリナも、誰もが何かを持ち、すべてを持っている人はいない家庭というものを知っていた。ひょっとしたら彼女自身の味気ない人生が、その愛情を研《と》ぎ澄ましたのかもしれない。どんな場合でも彼女は、フロレンスを保護し、ソローのような人間にはつきものの腐敗から遠ざけておきたかった。ごく最近では、フロレンスと鍛冶屋との間の壁になろうと決心した。彼が来てからというもの、少女にはかつてリナ自身も経験したことのある欲望が生まれた。分別を越えた、良心を持たない、泣きわめく欲望が。若い体が、知っている唯一の言葉で、この世に生きる唯一の理由を語っていた。彼が到着したとき——磨きすぎで、背は高すぎ、傲慢で、熟練していた——リナだけが危険を察知したが、苦情を訴えに行く相手はいなかった。マダムは夫が家にいるので、幸福のあまり分別を失っており、サーは鍛冶屋をまるで兄弟のように扱った。リナは、二人が泥の上に引いた線の上に、頭を突き合わせてかがみこんでいるのを見た。別のときには、サーが左足を岩の上に上げて、青リンゴを薄切りにしているのを見た。彼の口は両手といっしょに動いており、鍛冶屋は熱心に雇い主の顔を見て、うなずいている。それからサーが、まったく無頓着にナイフに突き刺したリンゴの薄切りを傾けて、鍛冶屋に差し出した。すると鍛冶屋は同じように平然と、それを取って口に入れた。そういうわけで、リナに自分たちに忍び寄ってくる崩壊に気づいているのは自分だけだと知った。一人の自由黒人の男が招く滅亡と破壊を予見した唯一の人間。彼はすでにフロレンスを破滅させた。フロレンスは、自分が恋い焦がれているのは、自分に別れの挨拶さえしなかった男だということを認めようとしなかった。リナが彼女を啓蒙しようとして「あんたは彼という木の上の一枚の葉にすぎないのよ」と言うと、フロレンスは頭を横に振って目を閉じ、「いいえ、わたしは彼の木なの」と答えた。リナにはせいぜい希望するしかできない大いなる変化は、まだ最終的なものではなかった。

フロレンスは故郷から連れ去られたときのリナ自身を、静かで臆病にしたようなものだった。破壊の前、罪の前、男たちの前の。かつてリナは、小さな少女の愛情を勝ち得ようとマダムと張り合い、パトリシアンの周囲をうろついたものだが、パトリシアンの死に踵《くびす》を接してやって来たこの子は、その気になれば彼女自身のものにできる可能性はあったし、実際にそうなりそうだった。それに、矯正しがたいソローの正反対になるはずだった。フロレンスはすでに、読み書きができた。すでに雑用をどういう風に片づければいいか、繰り返し教える必要はなかった。彼女はどんなときにも信用できるだけでなく、愛情のかけら一つ一つに対して、つまりどんな頭の撫で方にも、認めて誉めるどんな微笑に対しても、深く感謝した。二人はいっしょに横たわって、忘れられない夜を過ごした。そのときフロレンスは嬉しさに身を固くして、リナの物語に耳を傾けた。愛情深い妻たちの首を切り落とした悪い男たちの話。善良な子供たちの魂を、生まれたばかりの時間の国へ運んでいった枢機卿の話。とくにせがまれたのは、子供たちをオオカミや自然災害から救い出そうと戦った母親たちの話だった。胸が張り裂けそうな思いで、リナはお気に入りの話と、そのあとに続いたささやき声の会話を思い出した。

ある日のこと、とこの物語は語る。一羽のワシが、卵を取りにくる蛇や四ツ足の獣たちには近づけない、はるか上のほうにある巣に卵を産んだ。卵を見張っている彼女の目は、真夜中のように黒く光っている。一枚の葉のさやぎ、他の生き物のどんな匂いにも、彼女は深く眉をひそめ、頭をグイともたげて、静かに羽を持ち上げる。爪は岩の上で研ぎ、くちばしは戦神の鎌のよう。いまにも生まれてきそうな若鳥を守るため、彼女は獰猛になっている。しかし、歯が立たないものが一つあった。人間の邪悪な思いだ。

ある日、旅人が近くの山に登ってくる。彼は山頂に立ち、眼下に見えるすべての景色を愛《め》でる。明るい青緑色の湖、永遠のベイッガ、虹が切り裂く雲のなかに飛びこんでくるホシムクドリの群れ。旅人はその美しさを見て笑い、「これは完璧だ。これはわたしのものだ」と叫ぶ。すると、その言葉はふくれ上がり、雷さながら、谷々のなかや、何エーカーも続くプリムローズやゼニアオイの上に轟く。生き物たちは、これはどういう意味かと考えながら洞窟の外に出てくる。わたしのもの、わたしのもの、わたしのもの。ワシの卵は震え、一つは割れさえする。ワシは、この奇妙で意味のない雷、理解できない音の源を突き止めようと頭をまわす。旅人の姿を見つけたワシは、彼の笑いと不自然な音を爪に引っかけて持ち去ろうと舞い降りる。しかし、攻撃を受けた旅人は杖を振り上げ、全身の力をこめてワシの羽を叩く。鋭い声をあげて、彼女は真逆様に落ちる。明るい青緑色の湖の上、永遠のベイッガの彼方、虹が切り裂く雲を貫いて、下へ、下へ。叫びに叫びながら、彼女は翼の代わりに風によって運ばれる。

そのとき、フロレンスがささやく。「いま彼女はどこにいるの？」

「いまだに落ちてるのよ」とリナは答える。「永遠に落ち続けるの」

フロレンスは息をつめている。「卵はどうなるの？」と彼女は訊く。

「ひとりで孵《かえ》るわ」とリナは言う。

「生きられるの？」フロレンスのささやき声には、切羽つまった響きがある。

「わたしたちも生きてきたじゃないの」とリナは言う。

すると、フロレンスはリナの肩に頭を載せて、ため息をつく。眠りが訪れたとき、少女の顔にはまだ微笑がたゆたっていた。母恋いしさ——母になるのか、母がほしいのか——二人ともその憧れで目がくらむ思いがした。その憧れはまだ生きていて骨の間を駆けめぐっていることを、リナは知っていた。フロレンスは成長するにつれて、すばやく学習し、もっと多くを知りたがった。そして、鍛冶屋に対する崇拝の念で心の機能が損《そこ》なわれていさえしなければ、彼を発見する完璧な人間になっていたはずだった。

マダムが鏡のなかの自分の顔を見つめるという取り乱した願いに固執したとき、リナは悪運の無謀な誘惑には応じまい、と目を閉じて部屋を出た。山のように雑用がたまっていたし、いつものようにソローの姿は見えなかった。妊娠していようといまいと、少なくとも彼女は牛舎の汚物を掻き出すことぐらいできるはずだ。リナは牛舎に入って、壊れた橇《そり》をちらと見た。寒い季節、彼女はフロレンスといっしょに橇のなかで寝た。橇のブレードからベッドまで蜘蛛の巣が張っているのを見て、リナはため息をつき、それから息を呑んだ。フロレンスの靴。十年くらい前、彼女が作ってやったウサギ皮の靴が橇の下にあった。二つの我慢強い棺のようにからっぽで、さびしく。心をかき乱されて、リナは小屋から出たが、ドアのところで立ちつくした。どこへ行こう？　邪霊をそそのかすマダムの自己憐憫《れんびん》にはがまんできなかったので、川べりにソローを探しに行こうと心を決めた。ソローはしばしば、死んだ赤ん坊と話すためにそこに行くからだ。川は、婚礼の宴席を離れたがらない花嫁のようにゆっくり流れ、陽光できらめいていた。ソローはどこにもいない。しかし、リナはかぐわしい火の匂いを嗅ぎ、そちらへ歩いていった。注意深く煙の匂いのほうに近づくと、まもなく数人の話し声が聞こえてきた。用心して、故意に低くした話し声。声のするほうへ百ヤード余り這っていくと、地面に深く掘られた穴で燃えている小さな火に照らされた人影が見えた。二本のサンザシの木の下のヒメコウジのなかで、キャンプをしている一人の少年と数人の大人。一人の男は眠っている。別の男はナイフで木を削っていた。三人の女のうち二人はヨーロッパ人で、三人は食事の跡を、つまりナッツの殻、トウモロコシの皮などを掃き清め、他の品物を再びしまいこもうとしているように見えた。リナはさらに近寄りながら、武器は持っていない、おそらく平和な人々だろうと考えた。彼女が姿を見せるが早いか、彼らは立ち上がった。眠っている男を除く全員が。すると、リナには彼らが、フロレンスが乗った荷馬車に同乗していた人々だとわかった。心臓が止まったような気がした。いったい何が起こったのか。

「今晩は」と男が言った。

「今晩は」とリナは答えた。

「ここはあなたの土地ですか、奥さん」と彼は尋ねた。

「いいえ。でも、ここにいらしてかまいませんよ」

「ありがとう。遅くまではいませんから」彼は他の人たちと同じように緊張を解いた。

「あなたを覚えてるわ」とリナは言った。「荷馬車に乗ってたでしょ。ハートキル行きの」

どういう風に答えたものか彼らが考えている間、長いしじまができた。

リナは言葉を続けた。「あなた方のなかに女の子がいたでしょ。わたしが馬車に乗せたの」

「いたよ」と男は言った。

「彼女はどうなったの？」

女たちは首を横に振って、肩をすくめた。「荷馬車から降りたわ」と一人が言った。

リナは片手で首をつかんだ。「降りたですって？　どうして？」

「わからないわ。森のなかに入っていったと思う」

「独りで？」

「わたしたち、こっちにおいでって誘ったんだけど、来なかったわ。急いでたみたい」

「どこで？　どこで馬車を降りたんですか」

「わたしたちと同じ。居酒屋よ」

「わかったわ」とリナは言ったが、実はわからなかった。しかし、ここで押し問答はしない方がいいと考えた。「何か持ってきましょうか。農場はすぐそこなので」

「ありがとう。でも、何も要りません。わたしたち、夜、旅をしますから」

眠っていた男がいまは目を覚まして、注意深くリナを見ている。その間、もう一人は一心に川面を見つめている。二、三の食料品を集め終わり、ヨーロッパ人の女の一人が他の人たちに言った。

「わたしたち、ここを降りていったほうがよさそうよ。彼は待ってくれないから」

彼らは口には出さなかったが、それに賛同したらしく、川のほうへ歩きはじめた。

「さよなら」とリナが言った。

「さよなら。神のご加護がありますように」

そのとき、最初の男が振り返った。「あんたはぼくらを全然見なかったよな、奥さん」

「ええ、全然見なかったわ」

「どうもありがとう」と彼は言って、帽子を傾けた。

リナは努力して新しい家には目も向けないようにしながら、家に向かって歩いた。これまでのところフロレンスの身に何も変事は起こっていないことに胸をなで下ろした。だが、何かが起こるのではないかと、これまで以上に怖くなった。逃亡者たちには一つの目的がある。フロレンスには別の目的があった。家に入る代わりに、リナは道路のほうへぶらぶら歩いて行き、左右を見てから頭を上げ、近づいてくる気候の匂いを嗅いだ。いつものように春は気まぐれだった。五日前、やがて来る雨の匂いを嗅いだが、その雨はここしばらくの間より、ずっと長くはげしく降って、その土砂降りがサーの死を早めたのだとリナは考えた。それから、暑く明るい太陽の一日がめぐってきて、それが木々を生き返らせ、薄緑の霧の色に染めた。そのあと急に雪になったので、彼女は驚き、警戒心を呼びさまされた。フロレンスがその雪を衝《つ》いて旅しているからだ。いま、フロレンスが急いで旅を続けていることを知り、リナは空や微風がはらんでいるものを知ろうとした。落ち着こう、と彼女は心を決めた。春は深まり、自然が成長する季節になろうとしている。気を取り直して彼女が寝室に帰ると、マダムのつぶやき声が聞こえてきた。さらなる自己憐憫か？ いいえ、今日は自分の顔に対する言いわけではない。驚いたことに、いまマダムは祈っていた。何を、何に対して祈るのか、リナにはわからなかった。彼女は驚くと同時に当惑した。マダムはキリスト教の神に対しては礼儀正しいが、宗教に対しては敵対とは言わないまでも無関心だと、いつも考えていたからだ。でも、とリナは思いをめぐらせた。いまわのきわというものは最高の創造主であって、心の大変革をもたらす者、心の蒐集者なのだ。最期の息を吸いこむ間にした決心は激烈だし、信用できない。危機の瞬間に理性が働くことはまれだ。だが、フロレンスはどうだ？　いろんな物事が突然変わったとき、彼女がどうしたか考えてみよう。ひとたび他の連中がこそこそ逃げてしまったら、自分の道を歩くほうを選んだのだ。正しく。勇敢に。しかし、彼女はうまくやり通せるだろうか。独りで？　彼女はサーのブーツをはき、手紙と食物を持っているし、鍛治屋に会いたいという必死の願いもある。だが、帰ってくるだろうか。彼といっしょに？　彼のあとから？　彼なしで？　または、全然帰ってはこないだろうか？

夜の闇は深く、星はどこにも見えない。でも、突然月が動く。針状の葉が擦《す》れ合うのがあまりに痛く、休む場所は全然ない。それで、木を降りて、よりよい場所を探す。月の光で、洞になった丸太を見つけて嬉しくなるが、波打つように蟻がうようよしている。わたしは若い樅《もみ》の木の小枝や細枝を折って山形に積み上げ、その下にもぐりこむ。刺す針が減り、落ちる心配もない。地面は濡れていて冷たい。夜行性の野ネズミが近々と寄ってきて、わたしの匂いを嗅ぎ、それから走り去る。わたしは、するすると木から降りて地を這う蛇に用心する。リナが言うには、蛇はわたしたちに噛みついたり丸呑みにしたりするほうが好き、というわけではないそうだ。わたしはじっと横たわって、水のことは考えまいとする。代わりに、別の場所の濡れた地面で過ごした別の夜のことを考える。しかし、あのときは夏だから、湿気は露から来るので雪からではなかった。あなたは鉄からいろんな物を作る話をしてくれる。大地の表面にこれほど近いところに豊富な鉱石が見つかって、あなたはなんと幸せなことか。金属で形を作るすばらしさ。あなたのお父さんもそれをやり、そのまたお父さんも、昔、昔にさかのぼって千年もそれをやっていた。シロアリの塚で作った火炉で。それから、あなたが彼らの名を口にしたとたん二羽のフクロウが現われたので、祖先の人たちが認めてくれているのがわかり、フクロウが自分を祝福するために姿を現わしたことがわかる。ごらん、とあなたは言う。フクロウがどんな風に頭をまわしているか、見てごらん。フクロウも賛成しているのだ、とあなたは言う。わたしも祝福してくれるの？　とわたしは訊く。待て、とあなたは言う。待ってから見なさい。彼らは祝福してくれてると思う。わたしはいま、あなたの、あなたのもとへ行こうとしているのだから。

リナが言うには、戦士や狩人を守る霊がいるし、処女や母親を守ってくれる他の霊もいるそうだ。わたしにそんな霊はいない。神父様は聖餐《せいさん》こそ最上の希望が持てる手段で、祈りがその次だと言う。このあたりに聖餐はなく、わたしは処女マリア様に話しかけるのが恥ずかしい。わたしが願っているのは、マリア様に愛してもらうことではない。マダムはこの件については何も言わないと思う。彼女はバプティスト派の人々や集会場に行く村の女たちを避けている。わたしたち三人、つまりマダムとソローとわたしが二頭の仔牛を売りに行ったとき、彼女たちがマダムを怒らせた。仔牛はわたしたちが乗った荷馬車にロープで繋いで、わたしたちの後ろから小走りで走ってくる。マダムが売る交渉をしている間、わたしたちは待つ。ソローは飛び降りて、商売人の持ち場の後ろにまわりこむ。そこで、一人の村の女がソローの顔に何度も平手打ちを食らわせ、彼女に向かって金切り声をあげる。マダムが事態を把握すると、彼女と村の女の両方の顔が怒りに燃える。ソローは他の人たちの目は全然気にせず、裏庭で排便している。口論が起こり、マダムはわたしたちを馬車に乗せて連れ去る。しばらくして彼女は手綱を引いて馬を止め、ソローのほうを向いて、この馬鹿者と言いながらまたもや彼女の顔を何度も平手打ちする。ショックだ。マダムはわたしたちを殴る人ではない。ソローは泣きもしないし、口答えもしない。マダムはもっと他の言葉、もっとやさしい言葉を口にしたと思うが、わたしは彼女の目の動きだけを見ていた。その目は、わたしたちがネイ兄弟を待つとき、リナとわたしを見つめる女たちの視線に似ている。どちらの視線も怖くはないが、人を傷つけるものだ。でも、わたしにはマダムのほうがやさしい心を持っているとわかっている。わたしがまだ小さいときのある冬の日、リナがマダムに、死んだ娘の靴をわたしにやってもいいかと訊いた。黒い靴で、それぞれに六つのボタンがついている。マダムはいいと言うが、わたしがそれをはいているのを見ると、突然雪のなかにすわりこんで泣く。サーが出てきて、彼女を立たせ、両腕に抱いて、家のなかに連れていく。

わたしは絶対に泣かない。あの女がわたしの外套《がいとう》と靴を盗み、船の上で凍えそうになったときでも、涙は流さなかった。

こういう風に考えると悲しくなる。それで、わたしは代わりにあなたのことを考える。この世のなかのあなたの仕事は強くて美しいと、あなたがどういう風に言ったかを。わたしは、あなたも強くて美しいと思う。わたしには聖霊は要らない。聖餐も祈りも要らない。あなたがわたしの守護神だから。あなただけ。あなただけが保護者になれる。なぜって、あなたはニュー・アムステルダムから来た自由民で、これから先もずっとそうだ、と言うからよ。ウィルとスカリのようではなく、サーのような人なのだ。わたしは自由であることと、自由でないことにはどんな意味があるのか、それはどんな感じがするのか、わからない。でも、わたしには記憶がある。サーの門が出来上がって、あなたが長いこと留守にするとき、わたしはときどきあなたを探して歩いた。新しい家の裏手、坂、彼方の丘の上を。ずらりと並んだニレの列の間に一つの小道が見えるので、わたしはそこに入る。足の下は雑草と土だ。しばらく行くと道はニレの木立から離れ、右手の土地は岩のなかに下りていく。左手には丘がある。高い。とても高い。上へ、上へ、天辺のほうへ登っていくと、丘一面にこれまで見たことのない深紅の花がある。どこもかしこも。葉は枯れている。甘い香り。わたしはそこに手を入れて、いくつかの花を摘む。すると、後ろで何か物音が聞こえたので振り向くと、雄鹿が岩の側を登ってくるところだ。鹿は大きい。堂々としている。そこの、わたしたちを招く芳香の壁と雄鹿の間に立って、世界はこの他に何を見せてくれるのかしら、と考える。わたしは解放されていて、好きなことができるかのようだ。雄鹿にも、花の壁にもなれそうだ。わたしはこの自由がほんの少し怖い。自由というのは、こんな感じかしら？自由は好きではない。わたしはあなたから自由になりたくない。あなたといっしょにいるときだけ生きているのだから。わたしは雄鹿のほうを選んで、おはようと言うと、鹿は跳んで逃げる。

　いまわたしは別のことを考えている。選択する別の生き物のことを。サーは毎年五月には入浴する。わたしたちはバケツに入れたお湯をたらいに注ぎこみ、ヒメコウジを摘んで、そのなかに散らす。彼はしばらくそのなかにすわっている。彼のひざが突き上がり、髪は平らで端のほうが濡れている。まもなくマダムがまずは固形石鹼、次にたわしを持って、そこに行く。ごしごしこすられて肌がピンク色になると、彼は立ち上がる。すると、マダムがタオルで彼の体を包んで拭く。あとで、彼女もそのなかに入り、体に湯をはねかける。彼はマダムをこすってやらない。家に入って、服を着る。と、空き地の端の木立のなかでヘラジカが動いている。わたしたちみんな、つまりマダムとリナとわたしは、ヘラジカはこちらを見ながら、独りで立っている。マダムは胸の上で手首を組み合わせ、目を大きく見開いて見つめる。顔には血の気がない。リナが大声をあげて、石を投げる。ヘラジカはゆっくりと向きを変えて歩き去る。酋長さながら堂々と。マダムは邪悪なものが来たかのように、まだ震えている。彼女はなんと小物に見えることか、とわたしは考える。彼女に何の関心もないヘラジカにすぎないのに。他の誰にも関心はない。マダムは大声もあげないし、お湯をはねかけもしない。選ぶ危険は犯さないのだ。サーが外に出てくる。マダムは立ち上がって、彼のほうへ走り寄る。彼女の裸の肌がヒメコウジでぬるぬるしている。リナとわたしは顔を見合わせる。マダムは何を恐れているの？　とわたしは訊く。何も、とリナは言う。じゃあ、どうしてマダムはサーのほうへ走っていくの？　走っていけるからよ、とリナは答える。突然、ひと広がりの雀が空から落ちてきて、木々のなかに留まる。あんまりたくさんなので、木々は全然葉を出さず、鳥の芽を出したかのようだ。リナが指さす。わたしたちは決して世界を形作ることはないのよ、と彼女は言う。世界がわたしたちを形作るの。突然、何の物音も立てず、雀は飛び去る。わたしにはリナの言うことがわからない。あなたがわたしを形作り、同じようにわたしの世界も形作る。それは出来上がっている。だから、選ぶ必要はない。

どのくらいかかるのだろう彼女は迷子になるかしら彼はそこにいるだろうか彼は来るだろうかどこかの浮浪者が彼女をレイプするだろうか。彼女には靴が必要だった。足を包んでいたあの汚いボロ布の代わりに、まともな靴が。リナが彼女に靴を作ってやったら、彼女ははじめて言葉を口にした。

レベッカの思考はたがいに溶けあい、事件と時期をごっちゃにしたが、人間は間違えなかった。水を飲みたいという欲求と、飲むつらさ。皮膚をその下の骨から引き裂きたいという耐えがたい衝動は、眠っているわけではなく――意識を失っている間だけ止んだ。夢に関するかぎり、それは目覚めているときと同じだったから。

「わたしはこの国に来るのに、六週間知らない人たちの間で排便したのよ」

彼女はこのことを何度も何度もリナに語った。リナは、彼女がその理解力を信用し、判断力を尊重している、ただ独りの残された人間だった。深い藍色をした春の夜のいま、レベッカよりわずかしか眠っていないのに、リナはささやき、羽のついた棒をベッドの周囲で振り動かしている。「知らない人の間でよ」とレベッカは言った。「デッキの間にタラのように詰めこまれてたから、他の方法はなかったの」

彼女はリナに目を据えた。リナは杖をしまい、いまはベッドのそばにひざまずいている。

「あんたがわかるわ」とレベッカは言い、確信は持てなかったが、自分がほほえんでいると思った。他の親しい人々の顔が時折《ときおり》あたりをさまよい、それから消えた。彼女の娘、箱を運びこむのを手伝い、箱のベルトを締めるのを手伝ってくれた船員。絞首台の男。いや、この顔は現実のものだ。彼女は心配そうな黒い目、黄褐色の肌を認めた。どうして残されたたった一人の友人を認めないでいられようか。自分にこの明晰な一瞬があることを確認したくて、彼女は言った。

「リナ、覚えている？　わたしたちには暖炉もなかったのよ。寒かった。とても寒かった。あの子は口がきけないか耳の聞こえない人間かと思ったわ、わかるわね。血がねばねばする。どんなに洗っても……どうしても落ちないのよ」彼女の声は切羽つまったものになり、秘密を明かしているかのように親しげなものになった。それから、彼女は高熱と記憶のはざまに落ち、しじまが広がった。

世界中に何一つ彼女を水の生活、水の上の、水についての生活に慣らしてくれたものはなかった。水に倦《う》み、死に物狂いで水を求めた。水のさまに魅せられ、水に飽いた。とくに正午頃、女たちがもう一時間デッキにいることを許されたときに。そのとき、彼女は海に話しかけた。「じっとしていて。わたしをぶつけないで。いいえ、動いて、動いて、わたしを興奮させて。わたしを信じて。あなたの秘密は守るから。あなたの匂いは新しい生理の血に似てるってことを。あなたが地球を所有していて、陸地はあなたを楽しませるための後からの思いつきにすぎないってこと。あなたの下の世界は墓場で、同時に天国だということを」

上陸したとたん、レベッカは夫運が猛烈にいいことに喫驚した。すでに十六歳になっていたので、父は、船賃を出してくれて娘の扶養義務を取り除いてくれる人には誰にでも、自分を送り出してしまうということを彼女は知っていた。父は船頭で、同僚からあらゆるニュースを内密で教えてもらっていた。そして、一人の乗組員が一等航海士からの問い合わせ——外国まで喜んで旅してくれる健康で貞淑な妻の候補者はいないだろうか——を伝えてきたとき、彼はただちに長女を差し出した。頑固で、いろいろ質問をしすぎるし、反抗的な口をきく娘を。レベッカの母親は「安売り」に反対した。彼女はこの件を「安売り」と言ったのだ。将来の花婿は、愛のためとか、彼女の娘が必要だからというわけではなく、衣裳や費用や多少の生活用品に対する「弁済」を強く主張していたが、この将来の夫は未開人の間で暮らす異教徒にすぎなかったからだ。宗教というものは、レベッカが母親から経験したところによると、ふしぎな憎しみによって燃えあがる炎だった。彼女の両親はお互いや子供たちを生気のない無関心で遇し、その火を宗教的な事柄のために取っておいた。見知らぬ人間に見せる気前のいい一滴は、炎を湿らす恐れがあった。神についてのレベッカの理解は、王様よりいちだん上の存在だという概念を別にすると貧弱なものだったが、神は信徒の想像以上に偉大でも、よりよいものでもないと想定して、信心が足りない恥ずかしさを慰めていた。あさはかな信徒はあさはかな神を好む。臆病者は怒り狂う復讐の神を喜ぶ。

父親の熱意とは逆に、母親は彼女に、未開人や非国教徒が上陸と同時に彼女を虐殺するかもしれないと警告した。それでレベッカは、リナがすでにそこにいて、新しい夫が二人のために建てた一部屋小屋の外で待っているのを見ると、夜、ドアには閂《かんぬき》を下ろし、信じられないほど変な肌とカラスのような黒い髪をした少女を、自分たちに近いところで眠らせようとはしなかった。リナは十四歳くらいで、石のような顔をしていた。二人の間に信頼が生まれたのは、しばらく経ってからだった。おそらく二人とも家族がなくて孤独だったためか、二人とも一人の男を喜ばせなければならなかったためか、あるいは二人とも農場の経営方法についてはからっきし知識がなかったためだろう。二人はお互いにとって仲間と呼べるものになった。とにかく二人組で、共同作業をしていることからくる黙せる同盟の結果だった。それから、最初の赤ん坊が生まれたとき、リナはしっかりした知識を持って赤ん坊をとてもやさしく扱ったので、レベッカは最初の頃の恐怖を恥じ、一度も恐怖など持ったことがないふりをした。いま、両手は自分をかきむしらないよう包帯に包まれ、縛られて、唇は歯を剝き出して後ろに引っ張られた状態でベッドに横たわり、自分の運命を他の人々にまかせて、心が過去の混乱した情景の間をさまようままにした。広場で、大喜びの群衆にまじってはじめて目にした絞首刑。おそらく彼女は二歳くらいだったのだろう。そして、群衆が死人をあざけり、あれほど楽しまなかったら、死人の顔が彼女を怖がらせたはずだ。家族の他の者や大半の隣人たちといっしょに、彼女は車で引きずる刑や四つ裂きの刑を見た。幼すぎて細部を覚えてはいなかったが、両親が何年もの間、それを語り直し、叙述し直したので、悪夢は永久に血肉を備えたものとなった。そのときもいまも、彼女には第五王制派（クロムウェルの共和制時代に、キリストの再来が近いとして急進的な行動をした清教徒の一派）の人々とはどういう人間かわからなかったが、彼女の家庭のなかで、処刑は王様のパレードと同じほどわくわくするお祭りだったということは、はっきりしていた。

　彼女が生まれた都市では、喧嘩や刀傷沙汰や誘拐はまったくの日常茶飯事だったので、まだ見たこともない新世界での虐殺に対する警告は、天気が悪くなりそうだという兆《きざ》しのようなものにすぎなかった。彼女が下船したまさにその年、二百マイル離れたところで起こった植民者対ネイティヴ・アメリカンの大戦がちょうど終わったところで、彼女はあとからその話を聞いた。彼女が耳にした時折の男対男、弓矢対火薬、火対斧の衝突は、子供時代から見てきた流血の争いとは比べものにならなかった。まだ生きていて活発に動く臓物の山が猛禽の目の前に差し出され、それからバケツに投げ入れられ、テームズ川に放りこまれたし、胴体を失った指が震え、傷害の罪に問われた女の髪が明るく燃え上がった。それに比べると、難破による死や斧による死は色を失ってしまう。彼女には近所に住む他の植民者の家族が、規則的に行なわれる手足の切断を一度でも見たことがあるかどうかわからなかった。だが、その事件の三カ月あと、拮抗《きっこう》した戦争や誘拐の話が起こり、平和があやしくなったというニュースが届いたとき、彼女は彼らと同じような恐怖は感じなかった。地域の部族や民兵との間の小競り合いは、これほど大きな空間があり芳香に満ち満ちた地域をピリッと引き締めるものにしかすぎず、扱いやすい遠い背景としか思えなかった。都市がなく、船上の悪臭がないということは、彼女の感覚を揺すって一種の酩酊状態にしたので、それから醒めて、新鮮な空気を当然のものと思いこむまでには何年もかかった。雨そのものでさえ、まったく新しい経験だった。清潔で煤《すす》のない水が空から落ちてくるのだ。彼女はあごの下で両手を組み合わせて大聖堂より高い木々を眺め、暖を取る木材があんまりたくさんあるので笑い出し、それから泣いた。彼女が後にしてきた都市では、兄弟やその子供たちが、凍えていたからだ。彼女はこれまでこんな小鳥は一度も見たことがなかったし、またはっきり透けて見える白い石の上を流れる新鮮な水を味わったこともなかった。いままで一度も聞いたことのない猟鳥の料理の仕方を学んだり、ロースト・スワンの味を体得したりするのは、冒険だった。そう、確かに、ここにはものすごい吹雪があり、鎧戸《よろいど》の敷居より高く雪が積もることがあった。それから、夏の昆虫たちは、教会の塔で鳴る鐘の響きより大声で歌いながら群れてくる。それでいて、もし故国に留まって、お辞儀に次ぐお辞儀をしながら、王侯や売春婦が唾を吐くあの悪臭芬々《あくしゅうふんぷん》の通りに押しこめられたままだったら、自分の生活はどうなっていただろうと思うと、その思いに嫌悪感が湧いた。ここでは、夫一人に返事をして、地域に一つしかない集会所に礼儀正しく出席する（時間と天候が許せば）だけでよかった。両親は分離派の人々をみんな悪魔主義者と呼んでいたが、アナバプティスト（再浸礼派）の人々は彼らが評したような悪魔主義者ではなく、混乱した考えは持っていたものの、やさしく寛大だった。故国では、彼らや恐ろしいクエーカー教徒たちは、そうした宗教観から、自分たちの集会所で血まみれになるほど己れの体を痛めつけたものだった。レベッカには骨の髄に達するほどの敵意はなかった。王様でさえ、絞首台に行く途中の彼ら十数人を許したではないか。レベッカはこのお祭りが取り消されたときの両親の落胆と、たやすく意見を変える王様に対する彼らの怒りをいまだに覚えている。たえざる口論や、羨望から噴き出す怒り、自分たちとは違う人間に対するすねた非難でいっぱいの屋根裏部屋にいると、居心地が悪かった。それで、彼女は何らかの手段で逃げ出したいと切望していた。どんな手段であろうと。

しかし、早い時期に救いの手が差し伸べられ、よりよい将来に繋がる可能性ができた。教会学校で、家事の訓練を受ける四人のなかの一人に彼女が選ばれたのだ。しかし、彼女の受け入れに同意した一つの家庭では、主人のもとから逃げ出してドアの後ろに隠れなければならなくなった。結局、彼女はそこに四日しかいなかった。その後では、別の場所を提供してくれる人はいなかった。それから父が、持参金よりはむしろ体の丈夫な妻を探している男がいるとの知らせを受けたとき、もっと大きな救いが到来した。即刻虐殺されるという警告と幸せな結婚の約束にはさまれて、彼女はどちらもいいとは思わなかった。それでいて、金はなく、品物の行商をする気もなく、屋台を開く意志も、食物と住む場所の代わりに徒弟奉公をするつもりもなく、上流階級のための尼僧院さえ禁じられていたので、彼女の将来は召使いになるか、売春婦になるか、妻になるかしかなかった。これらの一つ一つについて恐ろしい話が語られていたが、最後のものがいちばん安全に思われた。子供ができ、そのために愛情が保障されるかもしれない妻という身分が。彼女が手に入れる未来がどんなものになるかは家長たる男の性格如何《いかん》にかかっていた。そういうわけで、遠い国にいる未知の夫との結婚には明らかな利点があった。懲罰池（身持ちの悪い女や不正商人などを椅子にくくりつけて晒し者にしたり、水浸しにしたりした池）からかろうじて逃れた母親と別れ、また、昼も夜も父親といっしょに働き、自分たちを育てる手助けをした姉に対する軽蔑的な態度を父から学びとった男兄弟から別れられるという利点、とくに、酔っ払っていようが素面《しらふ》でいようが関係なく、通り道にたむろしている男たちの流し目や無礼な手から逃げ出せるという利点があった。アメリカ。どんな危険が待ちかまえていようと、これ以上悪くなりようがあろうか。

彼女はジェイコブの土地に身を落ち着けた最初のころ、約七マイル離れたところにある地元の教会を訪れ、何やら胡散臭《うさん》い数人の村人たちに会った。彼らは分離派宗教のより純粋な形、神にとってより真実で受け入れやすい形を実践するため、大きなセクトから分かれた人々だった。彼らの間では、レベッカは故意にやさしい喋り方をした。集会所ではつとめて協調的な態度を取り、彼らが自分たちの信仰について説明するときも目を丸くするようなことはしなかった。レベッカが背を向けたのは、彼らが彼女の第一子、たぐい稀《まれ》なかわいい娘に洗礼を施すことを拒否したときだった。英国国教についての彼女の信仰は弱いとはいえ、幼児の魂を永遠の破滅から守らなかったことが、どうしても許せなかったのだ。

彼女がみじめな思いをにじみださせるのは、リナといっしょのときがますます多くなった。

「わたし、シュミーズを破ったので、あの子を懲らしめたのよ、リナ。次にわかったのは、彼女が雪のなかに倒れていることだった。小さな頭が卵のように割れてたわ」

祈りのなかで個人的な悲しみを述べたり、悲しいときに毅然《きぜん》とした態度を崩したり、神の見守り方に対する不平を神に訴えたりしたら、気まずい思いを免《まぬか》れなかっただろう。しかし、レベッカは四人の健康な赤ん坊を産み、三人がそれぞれ違う年齢のときに一、二の病気に屈服するのを見、それから最初に生まれたパトリシアンが五歳になって、信じられないほどの幸福を与えてくれたあと、頭蓋骨裂傷で死ぬ前の二日間、自分の腕のなかに横たわっているのを見守ってきた。

それから、彼女を二度埋葬した。最初は、ジェイコブが作った小さな箱を地面が受け入れてくれなかったため、毛皮で囲った棺のなかに収めて、娘を凍るままにしておかねばならなかった。二度目は、晩春になって彼女を兄弟の間に入れることができるようになったので、アナバプティストの人々にも参列してもらって埋葬した。弱り、膿疱ができ、ジェイコブを悼むのに丸一日さえなく、彼女の悲しみは飢饉《ききん》のときの乾し草さながらピリピリと身に沁みた。いま彼女が集中しなければならないのは、自分自身の死だった。彼女は屋根の上に死神のひづめの音を聞き、馬に乗ったマント姿の死神を見ることができた。しかし、切迫した痛みが和《やわ》らぐといつでも、思いはジェイコブを離れて、パトリシアンの血のこびりついた髪にまでさまよっていった。その髪を洗うのに使った固い黒色の固形石鹼、一本一本の蜂蜜色の髪の束をひどい血糊《ちのり》から解放しようと何度も何度もすすいだこと。血糊は彼女の心のようにだんだん色が濃くなって、黒い色になった。レベッカは、毛皮の下で雪解けを待っている柩《ひつぎ》を一度も見なかった。しかし、ついに大地が柔らかくなり、ジェイコブが鋤《すき》つきの牽引車を借りることができて、みんなで柩を地中に下ろしたとき、彼女は湿気のことは忘れて、両肘を抱いて地面の上にすわり、落ちていく一つ一つの土くれや、土の塊をじっと見つめた。彼女は一日中、そして夜中、そこに留まっていた。誰も、ジェイコブも、ソロー、またはリナも、彼女を立ち上がらせることはできなかった。牧師でさえも。彼と彼の一味が、信仰ゆえに彼女の子供たちから救いを奪ったからだ。彼らが触れると、彼女はうなり声をあげて肩から毛布を払い落とした。それで、彼らは頭を横に振りながら、彼女を許したままと祈りの言葉をつぶやき、彼女を独りでそこに残してきた。夜明けになって、薄雪のなかをリナがやってきて、墓の上に香りのよい葉っぱといっしょに宝石や食物を並べ、少年たちとパトリシアンはいま、お星さまか、でなきゃお星さまと同じように愛らしいものになってますよ、黄色や緑色の小鳥、または遊び好きの狐か、空の端に集まったバラ色の雲になってますよ、と言った。そういう言葉が異教的だということは確かだったが、レベッカが教えてもらい、バプティストの集会でたびたび繰り返されるのを聞いたことがある「わたしは受け入れます。ですから最期の審判のときに会いましょう」という祈りよりはずっと満足がいく言葉だった。かつて、ある夏の日、彼女が家の正面にすわって裁縫をしながら冒瀆的な言葉を口走っている間、リナがそのそばで、薬缶で煮沸中のリネンを揺すっていたことがあった。

わたしたちがどんな人間なのか、神様はご存じないと思うわ。神様はわたしたちがわかったら、好きになってくれると思うけど、わたしたちについてはご存じないと思うの。

でも、神様がわたしたちを作ったんでしょ、マダム。違いますか。

そうよ。でも神様は孔雀の尻尾も作ったのよ。そのほうが難しかったでしょうに。

ああ、でもマダム。わたしたちは歌って、しゃべりますけど、孔雀にはできませんよ。

わたしたちにはその必要があるけど、孔雀にはないのよ。そのほかわたしたちに何があって？ 考えること、いろんなものを作る手があります。

そうね。みんないいことだわ。でも、それはわたしたちの仕事で、神様の仕事じゃないわ。神様は世界の何か他のことをしていて、わたしたちのことは考えてないのよ。

わたしたちを見守っているのでなければ、いったい何をなさってるんですか。

神のみぞ知る。

それから、二人はどっと笑いだした。自分たちの話の危うさが気に入り、厩《うまや》の裏手に隠れる少女たちのように。分かれたひづめによるパトリシアンの事故は、神による叱責なのか、自説の証明になるのか、レベッカにはわからなかった。

体をかきむしって血だらけにしないように、器用で勤勉な手は布で包まれていたが、ここのベッドのなかで、彼女は自分が声に出してしゃべっているのか、考えているだけなのか、わからなかった。

「わたしは桶のなかに排便した……知らない人たち……」

ときどき、これらの知らない人々がベッドの周囲をまわった。だが、実は知らない人々ではなく、いっしょに航海したため一種の家族になった人々だった。譫妄《せんもう》状態か、リナの薬のためかもしれない、と彼女は考えた。だが、とにかく彼女たちはやって来て、忠告をしたり、ゴシップをしたり、笑ったり、憐憫の情をこめて見つめるだけだったりした。

アンジェラス号の上では、彼女のほかに七人が三等船室に割り当てられた。乗船を待っている間、彼女たちは海から港のほうに吹く微風に背中を向け、沢山の箱や、執行吏や、上部甲板の乗客たちや、荷車や、馬や、ガードマンや、鞄や、泣いている子供たちの間で震えていた。最後に下部甲板の乗客たちが乗船するよう呼ばれ、名前や出身地や職業を記録するとき、四、五人の女性が自分は召使いだと言った。彼女たちが男性や上流階級の女性たちから引き離され、下の動物小屋の隣りの暗い部屋に連れて行かれるとすぐ、レベッカにはそうではないことがわかった。光と外気はハッチから流れこんでくる。汚物入れの桶がリンゴ酒の小樽のそばに置かれていた。ロープとかごは食べ物を下ろすためのもので、かごはまた引き揚げられた。背が五フィート以上ある人は誰でも、背中を曲げ頭を低くして歩きまわらねばならない。浮浪者のように仕切りをして自分の空間を確保したら、あとは這うほうが楽だった。荷物、衣服、話し方や態度を見れば、告白を聞くずっと前から、彼女たちがどういう人間かはっきりわかった。アンという名の一人の女は、不名誉なことを仕出かして、家族から追放されたらしい。ジュディスとリディアという二人の女は売春婦で、監獄か追放かどちらかを選べと命じられたという。リディアは娘のパッツィこと十歳の泥棒を連れていた。エリザベスは重要な会社の代理人の娘だと、彼女自身が言った。もう一人のアビゲイルは、すぐ船長の船室に移された。もう一人のドロシーは掏摸《すり》で、娼婦たちと同じ宣告を受けていた。レベッカだけが船賃前払いで、結婚する予定だった。他の人々は親戚か職工に出迎えてもらい、船賃を払ってもらうことになっている。掏摸と娼婦は例外で、彼女たちの費用と船室代は何年も何年もかかる無償の労働で支払うとのことだった。レベッカだけが彼女たちの境遇とは違っていた。レベッカが彼女たちについてもっと多くのことを知ったのは、ずっとあとになって、トランクや箱やハンモックから下がった毛布などの壁と甲板との間にごちゃごちゃ押しあいへしあいすわっていたときだった。思春期前の泥棒見習い中の少女は、天使のような歌声を持っていた。代理人の「娘」はフランス生まれだった。二人の大人の娼婦たちは、十四歳になるまでに、淫らな行ないをしたとのことで家庭から追い出された。それから掏摸は別の掏摸の姪で、その伯父さんが彼女に掏摸の技術を教え、その技に磨きをかけてくれたという。彼女たちはいっしょになって、船旅を楽しいものにしてくれた。彼女たちがいなければ、その旅がもっとひどいものになったことは確かだ。彼女たちのビヤホール的機知、他の人間に対する期待薄の気質で味つけされたノウハウ、高度な自画自賛、元気な笑い方が、レベッカを楽しませ、勇気づけた。もし彼女が見知らぬ男と結婚するため独りで外国へ旅する女という自分の無防備な有様に恐怖を抱いていたとしても、これらの女たちがその不安を鎮めてくれた。母親の予言を思い出して胸のなかで夜の蛾が羽ばたいていたとしたら、これらの追放されたり棄てられたりした女たちとの付き合いが、それを一掃してくれた。とくに、彼女がいちばん親しくなったドロシアが助けになった。大げさにため息をつき、おだやかな罵り言葉を吐いて、二人は自分たちの所有物を選び分け、せいぜい戸口の上がり段程度の空間を占有した。単刀直入の質問を受けてレベッカが、結婚するつもり、そうはじめてなの、と打ち明けると、ドロシアは大笑いして、この掘出物のことを聞こえる場所にいる全員に披露した。「処女だってよ、ジュディ、聞いた？　わたしたちのなかに未熟のカントがあるとはね」

「ふうん。では、二つ乗船してるってわけね。もう一人はパッツィだから」ジュディスはパッツィのほうにウィンクして、ほほえみかけた。「安売りはしないでね」

「彼女は十歳よ」とリディアが言った。「わたしをどんな母親だと思ってるの？」

「二年経ったら、返事するわよ」

三人が大声で笑い、ついにアンが言う。「もうたくさん。やめてよ。不作法には腹が立つわ」

「言葉は不作法だけど、行儀は不作法じゃないわよね？」とジュディスが訊いた。

「それだって不作法よ」と彼女は答えた。

言い合いはなんとか収まり、今度は熱心に隣人たちのテストをする段になった。ドロシアは靴を脱ぎ、ストッキングの穴から突き出た足の指をくねくね動かした。それから注意深く引っ張ってウールのぼろを畳んで足指の下に入れ、靴をはいて、アンにほほえんだ。

「あんたの家族があんたを海に放り出したのは、お行儀が悪かったせいなの？」とドロシアは目を大きく見開き、知らないふりをしてアンにまたたきをして見せた。

「わたし、伯父夫婦を訪問するところなのよ」開いたハッチから洩れてくる光がもっと強かったら、彼女のほおが深紅になったのが見えたことだろう。

「それに、おみやげを持ってくんでしょ？」リディアがくすくす笑った。

「クークークークー」ドロシアは両手で揺りかごの真似をした。

「雌牛たちめ！」とアンがうなった。

またもやどっと笑い声が起こったが、あんまり大声だったので、女たちを家畜から隔《へだ》てる板の後ろで動物が動きはじめた。一人の船員が、たぶん命令されたのだろう、彼女たちの頭上に立って、ハッチを閉めた。

「ろくでなし！」彼女たちは闇のなかに投げこまれ、誰かが叫んだ。ドロシアとリディアは這いまわって、使える唯一のランプをなんとか探し出した。灯りがともると、その少量の光が彼女たちをいっそう近寄せた。

「ミス・アビゲイルはどこにいるの？」とパッツィが尋ねた。航海がはじまる何時間も前から、彼女はアビゲイルの左側にいるのが気に入っていた。

「船長から選ばれたのよ」と彼女の母親が言った。

「幸運な娼婦ね」とドロシアがつぶやいた。

「失言よ。あんたはまだ彼を見てないんだからね」

「まださ。でも、彼のテーブルは推測できるわ」とドロシアがため息をついた。「ベリーに、ワインに、羊の肉に、パスティー（獣鳥肉や魚肉を詰めたパイ）……」

「あんた、サドね。やめな。しっかりしてよ。たぶんあのふしだら女が、わたしたちに少し寄越すかもしれないじゃない。彼は目の届かないところに彼女を行かせないのよ。あのブタ野郎……」

「牛の乳房から直行のミルク、その上、ごみもハエもたかっちゃいない。スタンプが捺《お》してあるバター……」

「やめなったら！」

「わたし、チーズを持ってるわ」とレベッカが言った。それから、自分の声がどんなに子供っぽく響くかに驚いて、咳ばらいをした。「それに、ビスケットも」

彼女たちはいっせいにレベッカのほうを向いて、合唱した。「あーら、すてき。お茶にしようよ」

石油ランプがパチパチはぜて、三等船室の乗客だけが知っている闇のなかにまた投げこまれるのではないかと一同を脅かした。ひっきりなしに横に揺られ、桶に着くまでは吐くまいと努力し、足で立っているよりひざをついたほうが楽だという状態でも、手のひら大の光さえあれば、すべて耐えることができた。

女たちはレベッカのところへ駆け寄り、突然、誰かに言われたわけでもなく、彼女たちの想像では女王様のお行儀と思えるものの真似をしはじめた。ジュディスが箱の蓋の上にショールを広げた。エリザベスはトランクから薬缶とスプーンのセットを取り出す。カップはさまざまで——白目、ブリキ、陶器があった。リディアは薬缶に入れた水をランプの上で熱し、手のひらで炎を囲った。ところが、お茶を持っている人はいないことがわかったが、そんなことで驚く彼女たちではなかった。ジュディスとドロシアは、自分の袋のなかにラム酒を隠していた。彼女たちは執事のように注意深く、それを生ぬるいお湯のなかに注ぎ入れた。レベッカはショールの真ん中にチーズを置き、そのまわりにビスケットを並べた。アンが感謝の祈りを捧げた。彼女たちは静かに息をして酒入りのお湯をすすり、お上品にビスケットの屑を払いのけながら、しけたビスケットをかじった。パッツィは母親のひざの間にすわり、リディアは一方の手でカップを傾け、もう一方の手で娘の髪を撫でている。レベッカは、十歳の子供を含む女たちめいめいがいかに小指をあげ、角度をつけてカップを飲み干したかを思い出した。また、大洋の波の音がいかに沈黙をいっそう深めたかを。たぶん彼女たちはレベッカと同じように、自分たちが逃げてきたもの、自分たちを待ち受けているものの両方を消し去ろうとしていたのだろう。彼女たちがしゃがんでいる空間はいかにみじめなものだろうと、それでも、そこは過去からしつこく悩まされもせず、未来が手招きしているわけでもない空白地帯だった。彼女たちは男たちの女、男たちのための女だったが、このような数少ない瞬間、そのどちらでもなかった。ついにランプが消えて闇に包まれると、頭上の足音や後ろの牛の鳴き声も忘れて、彼女たちは長い間、動かなかった。空は見ることができないので、時間は永遠で、しるしもなく、何の実質もなく流れ去るただの海になった。

上陸するとき、彼女たちはまた会いましょうと言うような素振りは見せなかった。二度と会わないことはわかっていたので、めいめいが荷物をまとめ、未来を求めて群衆をさっと見渡すだけで、別れは元気のよい、感傷を排したものになった。彼女たちが二度と会わなかったのは事実だった。レベッカの心が呼び出した、このようなベッドのそばの訪問を除いては。

ジェイコブは彼女が想像したよりも大男だった。彼女が知っていた男たちはみんな小柄だった。強かったが、背が低かった。ミスター・ヴァーク（彼女がジェイコブと呼べるようになるまでには、しばらく時間がかかった）は、レベッカの顔に触れてほほえんだあと、彼女の二つの箱を持ち上げた。

「あなたは帽子を取ってほほえんだ。ほほえみっぱなしだったわ」レベッカは自分が新しい夫の笑みに応えていると考えていたが、干上がった唇は最初の出会いの情景に入ってもほとんど動かなかった。そのとき、彼女はこのこと、つまり、ついに妻に会ったということに彼の全人生がかかっていたのだという印象を受けた。彼が安堵して満足している様子は、見るからに明らかだったからだ。何週間も海で過ごしたあとだったため、足がへなへなになりそうな陸地の弾力性を感じながら彼のあとについて歩いていたとき、彼女は木の歩み板につまずいて、ドレスの裾を破った。しかし、彼は振り返らなかった。それで、レベッカはつかめるだけのスカートをつかみ、腕の下に寝具を抱え、馬車に乗るのを助けようと彼が差し出した手を拒んで、よろよろと馬車のほうへ歩いて行った。それは、契約のようなものになった。彼は彼女を甘やかさず、甘やかしたとしても彼女はそれを受けつけない。前方に横たわっている仕事に対しては、完全に平等な立場で立ち向かおうとしていた。

「なかで結婚式が行なわれています」コーヒーハウスのドアの隣りの看板にはこう書いてあったが、その下に小さな字で警告と売りこみ広告をいっしょにしたような詩が書かれていた。「抑制なき欲望が孕《はら》めば、罪が生まれる」歳を取っていた上、まったく素面ではなかったが、それでも牧師の司式は早かった。数分経たないうちに、二人は新しくゆたかな人生に対する期待でいっぱいの荷馬車に戻った。

最初彼はおずおずしているように見えた。そのため、たった一つの屋根裏部屋に八人いっしょに暮らし、夜明けに聞こえる小さな情熱の叫びにはすっかり慣れて、その結果、それが呼び売り商人の歌にしか聞こえないという経験はしたことがないのだ、と彼女は考えた。それはドロシアが描いてみせてくれたもの、またはリディアがはやしたてたようなアクロバットでもなく、両親の早くて怒ったような交接でもなかった。その代わり、彼女は愛を交わしたというよりは駆り立てられたような気がした。

「ぼくの北極星」と彼は彼女を呼んだ。

彼らは時間をかけてじっくりお互いについて学ぶことにした。好み、習慣の変化、のちに身につけた習慣、悪感情はなしの意見の相違、信頼、それから積年の仲間意識が頼る無言の会話。レベッカの母親を怒らせた宗教心の弱さは、彼にとっては何の関心もないことだった。彼自身、村の教会員になれというすべての圧力に抵抗してきたので、宗教には無関心だったが、もし彼女がその気になって教会員になるのなら、大いに結構だと考えていた。最初何度か教会に行ったあとで、レベッカがもう行かないと決めたとき、彼が満足したのは明らかだった。彼らはあらゆる点で依存しあっていた。自分たちだけで充足しており、外部の人間は全然必要なかった。あるいは必要ないと信じていた。もちろん子供ができるからだ。実際に、子供は生まれた。パトリシアンのあと、レベッカは子供を産むたびに、乳離れの時期よりずっと早く前回の授乳が中断させられたこと、乳房からまだ乳が洩れていたり、乳首が早くも固まって下着をつけるのがつらかったりしたことを忘れていた。小寝台から柩への旅がいかに早かったかも忘れていた。

息子たちが死に、数年が過ぎたとき、農場は維持できるが利益は生まないことをジェイコブは確信するようになった。そして、商売をはじめ、旅行するようになった。しかし、彼の帰宅はニュースや驚くような光景の話でいっぱいで、楽しいひとときとなった。地方部族の戦士に撃たれた牧師が死んで馬から落ちたとき、町の人々があげた声高で相手を殺しかねないほどの怒り。彼が自然のなかでのみ見たことのある色に染まった幾巻もの絹布が積んであった店の棚。ある海賊は板に縛りつけられて絞首台へおもむく途中、三カ国語で捕縛者をののしっていた。ある肉屋は病気の獣の肉を売ったかどで鞭打ちの刑を受けていた。日曜の雨のなかを漂ってくる薄気味悪いクワイアの歌声。彼の旅行の話は、彼女をわくわくさせると同時に、外の無秩序で脅威的な世界に対する彼女の見方を強めた。彼だけが、その世界から彼女を守ってくれた。ときどき彼女のために、若くて未熟な手伝いを連れてくることがあったが、そのときは家への贈り物もたずさえていた。切れ味のよい細切り包丁。パトリシアンのための木馬。おみやげ話が以前より少なくなり、贈り物が増えてきたのに彼女が気づいたのは、しばらく経ってからだった。贈り物のほうは実際的でなくなり、気まぐれとさえ言えるものになってきた。銀製の茶器。それは、ただちにしまいこまれた。陶器のおまるは、乱雑な使い方のせいですぐ欠《か》けた。彼がベッドのなかでしか見ない髪のための、凝った細工のヘアブラシ。ここでは帽子、あそこではレースの衿。四ヤードもある絹。レベッカはたくさんの質問を呑みこんで微笑した。ついに彼女が、どこからこの金は出てくるのか、と訊いたところ、彼は「新しい取引さ」と言って、彼女に銀の縁がついた鏡を手渡した。農場では全然役に立たないこれらの宝物の包みを解くとき、彼の目に光が宿ったり消えたりするのを見て、彼女は夫が男手を雇う日を予期しておくべきだった。坂下の幅広い帯状の土地から、木々を伐り出す仕事のためだ。彼は新しい家を建てようとしているのだった。農夫や商人にさえ似合わず、地主にのみふさわしい家を。

わたしたちは善良な庶民よ、と彼女は考えた。この言葉が人間を語るのに十分なだけではなく、評価され、自慢にさえ聞こえる場所なのに。

「わたしたち、他の家は要らないわ」と彼女は彼に言った。「おまけに、そんなに大きい家が要らないのは確か」彼女は彼の髭を剃っていた。それで、終わってから、そう言った。

「必要というのは理由じゃないよ、奥さん」

「じゃあ何が理由だって言うの？」レベッカは剃刀の刃から石鹸の最後の泡を拭き取った。

「人間の価値は、後に残すもので決まるんだよ」

「ジェイコブ、人間は評判だけのものよ」

「わかってくれ」彼は彼女の手から布を取って、あごを拭いた。「あれを建てたいのだ」

そういうわけで彼の思い通りになった。男たち、二輪の手押し車、鍛冶屋、材木、麻紐、ピッチの壺、ハンマー、役馬。その馬の一頭が、かつて彼の娘の頭を蹴ったのだ。建築熱はあまりにはげしかったので、彼女は本当の熱、彼を墓場に入れた熱を見損なった。彼が倒れるとすぐ、その噂がバプティストの人々のところへ届き、農場の人間は誰も、とくにソローは彼らのもとへ行くことを禁じられた。労働者は馬や道具を持って、去って行った。鍛冶屋はとうの昔に去っていて、彼の鉄細工製品が天国への門のように光り輝いている。レベッカはジェイコブから命じられた仕事を遂行した。女たちを集め、力を合わせてベッドから彼を持ち上げて毛布の上に下ろした。その間中、彼はかすれた声で、急げ、急げと言った。彼女たちの仕事を軽くするために筋肉の力を喚び起こすことができなかったから、死ぬ前の彼はものすごく重かった。彼女たちは冷たい春の雨のなかを、彼を運んでいった。スカートは泥のなかを引きずられ、ショールの前は開き、頭の上の帽子はびしょ濡れになって、頭皮まで濡れた。門のところでトラブルが起きた。女たちは彼を泥のなかに下ろし、その間二人が蝶番《ちょうつがい》を外し、それから家に通じるドアの閂《かんぬき》を外さねばならなかった。雨が彼の顔の上にどっと降りかかり、レベッカは自分の顔で彼の顔を守ろうとした。それから、膿疱に触れて痛くしないように注意して、自分の下着の乾いた部分で夫の顔を拭いた。ついに彼女たちは玄関ホールに入り、窓から降りこむ雨から遠いところに彼を下ろした。

レベッカは近々と寄り添って、サイダーを少し飲まないかと訊いた。彼は唇を動かしたが、答えは出てこない。その目は彼女の肩の上のほうの何か、または誰かのほうへ移り、彼女が閉じてやるまでそのままだった。四人全員――彼女自身と、リナと、ソローとフロレンス――は、床板の上にすわった。一人、または全員が、他の人たちは泣いていると思ったが、涙でなければ、ほおの上の雨の雫《しずく》だったのかもしれない。

レベッカは、自分は感染しないのではないかと考えていた。ペストが大流行したとき、両親の親戚のなかで死んだ者はいない。彼らは無数の犬が殺され、死人を乗せた荷車が何台となく軋《きし》みながら共有地のそばを通りすぎていくのを見たが、自分たちの家のドアには赤十字の印が描かれたことがないと自慢していた。そういうわけで、この清潔な世界、この新鮮なニューイングランドまで海を渡ってきて、たくましく丈夫な男と結婚し、彼の死後すぐ、完璧な春の夜に、膿疱に覆われて横たわるということは冗談のような気がした。おめでとう、悪魔さん。これは、船が大波に乗り上げ、一同の体をめちゃくちゃに投げ飛ばすときに毎回、掏摸が口にした言葉だった。

「冒瀆よ！」とエリザベスはいつもどなった。

「事実ですもの！」と、ドロシアが答えた。

いま彼女たちは入り口のあたりをうろついているか、ベッドのそばにひざをついている。

「わたし、もう死んでるのよ」とジュディスが言った。「それほど悪くはないわよ」

「彼女にそんなこと言わないで。ひどいわ」

「彼女の言うことなんか聞かないで。いまじゃ、牧師の奥さんなんだから」

「お茶はいかが？」

「わたし、船員と結婚したから、いつも独りぼっちよ」

「彼女が彼の稼ぎを補ってるのよ。どうやって補ってるか訊いてみなさいよ」

「それを禁止してる法律があるわ」

「確かに。でも必要なかったら、そんな法律作りゃしないわよ」

「聞いて。わたしに起こったことを話してあげるから。わたしはこの男に会って……」

ちょうど船上にいたときと同じように、彼女たちの声は互いにぶつかり合った。女たちはレベッカを慰めに来たのだったが、すべての幽霊と同じように、自分のことにしか関心がなかった。それでいて、彼女たちが語る話や批評は、レベッカに他人の生活という気晴らしを与えてくれた。そうだわ、と彼女は考えた。それこそ、ヨブの慰め手の本当の役割なのだ。ヨブは痛みに苦しみ、精神的にも絶望して横たわっていた。慰め手は自分のことばかり彼に話し、彼は具合がさらに悪くなったような気がしたとき、次のような神の答えをもらった。いったいお前は、自分をどういう人間だと思っているのか。わたしに尋ねてみるか。わたしが誰で、何を知っているか、ヒントをあげよう。しばらくの間ヨブは、人間は自分のように傷つきやすく、間違いを犯すこともあるという自己中心的な瞑想をしてみたかったにちがいない。だが、この最後の瞬間には、神の知識をのぞき見ることより、神の注意を惹くことのほうがずっと重要に思われた。それだけがヨブが望んでいたことなのだ、とレベッカは結論した。神が存在するという証拠がほしいわけではない——ヨブは一度もそれを疑わなかった。神の力の証明でもない——誰もが、これを受け入れていた。彼は単に、神の目を捉《とら》えたかっただけだ。偉いとか役立たずとかいう認められ方ではなく、生命ある形として、それを作ったり破壊したりするお方から目に留めてもらいたかったのだ。これは取引ではなく、奇蹟の輝きにすぎない。

だが、ヨブは男だった。見えない人間であることは、男たちには耐え難いのだ。では、女のヨブはどんな苦情を述べればいいのか。そして、彼女は苦情を述べ、神のほうはかたじけなくも、いかに彼女は弱くて無知な存在だったかを思い出させるとしたら、そのどこに新しさがある？ ヨブに衝撃を与えて、彼を謙遜にし、信仰を蘇らせたのは、女のヨブにはわかっていて、生活の一分ごとに耳にするメッセージだ。いいえ。何も慰めがないよりは、偽の慰めのほうがいい、とレベッカは考えた。そして、注意深く船友たちの話に耳を傾けた。

「彼はわたしにナイフを突き立て、あたり一面に血が飛び散った。わたしは自分の腰をつかんで、考えたの。だめ！ 気絶しちゃだめ、いい子だから、しっかりして……」

女たちの姿が消えたとき、悩める空の友人のように、みごとな淑女用の舞踏服をじっと見返しているのは月だった。ベッドの足もとの床の上で、リナは軽いいびきをかいている。ジェイコブが死ぬずっと前のある時点で、かつてレベッカをわくわくさせた何物にも拘束されない広い空間は、からっぽになった。支配し、圧迫する不在。彼女は寂しさの複雑さを学んだ。色の恐ろしさ、沈黙のうなり、なじみ深いものが静かにそこにあることの脅威。ジェイコブがいないとき。パトリシアンやリナがいても、まださびしいとき。地元のバプティスト教会の人々が、空高く昇っていくのでなければ、彼らのフェンスを越えて伸びていくことは絶対にない話で、彼女をうんざりさせたとき。バプティストの女たちは、退屈な人々に思われた。自分たちは無垢《むく》で、それゆえ自由だと思いこみ、教会に所属しているから安全で、まだ生きているから丈夫だと考えていたからだ。時のはじまりと同じほど古い器のなかで、作り直された新しい人々。言い換えれば、子供の歓びや好奇心を持たない子供にすぎない。彼女たちは神の好みについては、彼女の親より狭い定義をしている。彼ら自身（それから、彼らの考えに同意する同類の人々）以外は、誰も救われないのだ。しかし、黒人を別にすると、救いの可能性は大部分の人に開かれているはずだった。加えて、カトリック信者や、贖罪が拒否されているユダの民族、それに故意に誤った生き方をするさまざまな他の人々がいた。これらの除外をすべての宗教につきものの制限だとして退《しりぞ》けたものの、レベッカにはもっと個人的な恨みがあった。彼らの子供たちだ。彼女の子供の一人が死ぬたびに、自分が怒っているのは洗礼を授けてもらえなかったためだと考えていたが、真実は、生きている彼らの健康な子供たちが周囲にいることに耐えられないのだった。羨望もあったが、それ以上に、ほおを赤くして笑っている一人一人の彼らの子供が、彼女の失敗を非難し、彼女の子をあざけっているように思われてならなかった。とにかく彼らはいい交際相手ではなく、ジェイコブが留守の間、しだいに高まって彼女を虜《とりこ》にしてしまう、これまで経験したことのない孤独については、何の助けにもならなかった。たとえば、彼女が二十日大根の畑の上にかがんで、パブの女が硬貨をエプロンに落としこむ技術さながら、雑草を引き抜いているとしよう。家畜用の雑草。それから、ギラギラ輝く陽光のなかに立って、彼女がエプロンの端と端をつまむと、快い畑の物音は止む。頭や肩のあたりに舞う雪のように沈黙が降り、やがて外側へ広がって、静かに風に吹かれている木の葉や、つきまとうカウベルの響き、近くで薪を割っているリナの斧のパキッという音を鎮めてしまう。彼女の肌は赤くなり、やがて冷たくなる。最後には音が戻ってくるが、寂しさは何日も続く。そして、ついに、その最中に、彼が次のように叫びながら、馬に乗って近づいてくる。

「ぼくの星はどこにいるの?」

「北のここよ」と彼女が答えると、彼は一巻きのキャラコを彼女の足もとに投げたり、針の包みを手渡したりする。いちばんいいのは、彼が笛を取り出し、黄昏《たそがれ》は自分たちのものだと思いこんでいる鳴鳥を困惑させるときだった。まだ生きていた赤ん坊が、彼女のひざに乗っていた。彼が母娘のどちらも見たことがなく知ることもなさそうなバラ園と羊飼いの話をいきいきと語ると、パトリシアンは床の上にすわって、口を開け、目を輝かせていた。彼の場合、教会に所属していない孤独な生活費はあまりかからなかった。

一度、満足のあまりゆたかな感じがして、レベッカは寛大さとこれ以上ないほどのの至福感を抑えて、リナを憐《あわ》れんだことがあった。

「あんた、まだ男を知らないんでしょ?」

彼女たちは小川のなかにすわって、リナが赤ん坊を抱き、その笑い声を聞こうと彼の背中に水をはねかけていた。灼けつくような八月の暑さのなかで、彼女たちは群がるハエも意地悪い蚊もいない小川の一部に洗濯物を持ってきていた。軽量のカヌーが向こう側の川岸にひどく近いところを通りすぎるのでなければ、彼女たちの姿は誰にも見えないはずだった。パトリシアンは近くにひざをついて、小波のなかで自分のブルマーがどんな風に揺れるかを眺めている。レベッカは下着姿で、川のなかにすわって首や腕を洗っていた。リナは両腕に抱いている赤ん坊と同じほど裸で、赤ん坊を差し上げたり下ろしたりしながら、流れのなかで彼の髪が元通りの髪型になるのを眺めていた。それから、赤ん坊を肩に乗せ、澄みきった水を滝のようにその背中に流した。

「知らないって、マダム？」

「わたしの言ってること、わかるんでしょ、リナ？」

「はい」

「じゃあ、どうなの？」

「見てよ」とパトリシアンが指さしながら、キーキー声を張り上げた。

「シーッ」とリナはささやいた。「狐がびっくりするじゃないの」遅すぎた。雌狐と子狐は、他の場所で水を飲もうと走り去った。

「では？」レベッカは繰り返した。「知ってるの？」

「一度だけ」

「それで？」

「よかない。よくはないです、マダム」

「どうしてなの？」

「わたしはあとから行きます。あとで片づけます。鞭で打たれるのはいやですから。絶対に」

赤ん坊を母親に渡して、リナは立ち上がり、自分のシフトドレスがかかっているキイチゴの茂みのほうへ歩いて行った。服を着てから、彼女は洗濯かごを腕に抱え、パトリシアンのほうへ手を差し出した。

子供たちの誰よりも父親が好きだった赤ん坊と二人きりで残されて、レベッカはその日もう一度、自分の幸運という奇蹟を嚙みしめた。妻を殴ることは珍しくないと知ってはいたが、夜の九時以降はいけないとか、それも理由があってのことで怒りのあまり殴ってはいけないという制約は、妻のため、妻だけに適用できる規則だった。リナの恋人はネイティヴ・アメリカンだったのだろうか。たぶん違うだろう。金持ちか。あるいは、普通の兵士、または船員だったのか。レベッカは金持ちだろうと思った。彼女は親切な船員は知っていたが、台所働きのメイドとしての短い雇用経験をもとに考えると、ジェントルマン階級の裏面しか見てこなかったことに気がついた。母親を別にすると、これまで彼女を殴った者はいない。別れてから十四年になるが、彼女はまだ母親が生きているかどうか知らなかった。一度だけ、ジェイコブの知り合いの船長からメッセージを受け取ったことはある。問い合わせをしてくれと頼んでから十八カ月後に、母親の家族は引っ越したようだとの報告が入った。どこに行ったのかは誰も知らない。小川から出て服を着る間、息子を暖かい草のなかに寝かせ、レベッカは、いま母はどんな顔をしているだろうか、と考えた。白髪まじりで、背中が曲がって、皺だらけだろうか。薄青い鋭い目はいまだに、レベッカが大嫌いな狡猾さと疑り深さを放出しているだろうか。あるいは、年齢と病気のせいで角が取れ、温和で、歯のない、悪意の塊になっているだろうか。

いまはベッドから出られないので、彼女の質問は方向を変えた。「じゃあわたしは？　わたしはどんな顔をしているんだろう？　いまわたしの目には何が宿っているのか。頭蓋骨と大腿骨か？　怒り？　屈伏？」いますぐ彼女は欲しくなった――ジェイコブがくれた鏡。彼女は黙ってそれを包み直して、洋服だんすに突っこんだのだ。リナを説得するのにしばらく時間がかかったが、ついにリナがわかってくれて、それを彼女の両掌に持たせてくれたとき、レベッカはたじろいだ。

「すまないわね」と彼女はつぶやいた。「本当に申し訳ない」彼女の眉毛は記憶のなかにしかなく、ほおの淡いバラ色はいま、炎のように赤いいくつかの塊になっている。彼女はやさしく謝りながら、顔の上にゆっくり鏡を動かした。「目よ。いとしい目よ。許しておくれ。鼻。かわいそうな口。かわいそうな、やさしい口。ごめんね、本当に。肌よ。お詫びするわ。どうか、許して」

　リナは鏡を奪い取ることはできず、彼女に懇願した。

「マダム、もう十分。十分です」

　レベッカは拒否して、鏡を抱きしめた。

　ああ、わたしはとても幸せだったのに。とても健康だった。ジェイコブが家にいて、新しい家の設計で忙しくしていた。夕方彼が疲労困憊《こんぱい》しているときは、わたしが彼の髪をきれいに手入れしてあげた。朝になると、結わえてあげた。わたしは彼の貪欲な食欲を愛し、わたしの料理に対する彼の誇りを愛した。わたしはジェイコブ以外全員を悩ませた鍛冶屋は、わたしたち夫婦を、信用できない海のなかでちゃんとした場所に留めておく錨のようなものだった。リナは彼を怖がった。ソローは猟犬のように彼に感謝していた。それから、フロレンスは？　かわいそうなフロレンス。完全に彼の魅力に打たれたのだ。三人のなかで彼女だけが、彼のところにたどり着けると当てにすることができた。リナだったら、言い訳を考えて断わるだろう。もちろん、患者を置き去りにしたくはなかったのだろうが、それ以上に、彼を軽蔑していたからだ。妊娠している愚かなソローは、たどり着けないだろう。

レベッカはフロレンスを信用していた。フロレンスは賢かったし、その上、成功しなければならない強い理由があったからだ。また、彼女はフロレンスに対して大きな愛情を感じてもいた。愛情が育つまで、しばらく時間がかかったが。たぶんジェイコブは、パトリシアンの年齢に近い女の子を与えれば、彼女が喜ぶと思ったのだろう。だが実際のところ、それは彼女に対する侮辱だった。何者も元の娘に取って代わることはできないし、取って代わるべきでもない。だから、フロレンスが来たとき、レベッカは一瞥《いちべつ》すらしなかった。そして、あとになるまでその必要もなかった。リナがその子を完全に自分の翼の下にかくまったからだ。そのうちにレベッカは軟化し、くつろぎ、フロレンスが賞めてもらおうと躍起になっているのを面白がりさえした。「よくやった」「いいわね」どんなにわずかだろうと自分に示された親切を、彼女はウサギのように咀嚼《そしやく》した。母親はもうあの子は要らなかったんだ、とジェイコブは言った。それで、他人を喜ばせたいというあれほど強い欲求になったのだ、とレベッカは結論を下した。

鍛冶屋にあれほど執心しているのもそのせいだわ。どんなものであれ理由がありさえすれば、彼のところへ走っていくし、時間通りに彼に食事を届けようとパニックを起こす。ジェイコブはリナの苦い顔とフロレンスの輝くような表情を一蹴した。鍛冶屋はすぐいなくなるから、と彼は言った。心配する必要はない。おまけに、あの男は確かな技術を持っていて貴重な人間だから、クビにするわけにはいかない。女の子が彼にぞっこんだというだけの理由でクビにするなんて、とんでもない。もちろん、ジェイコブの言う通りだった。鍛冶屋が何かわからないがソローを倒した病気を治したことを考えると、彼の存在は計り知れないほどの価値があった。彼があの奇蹟をもう一度行なってくれるよう、神に祈ろう。また、フロレンスが彼を説得できるように祈ろう。彼女たちは詰め物をして、少女の足に立派で丈夫なブーツをはかせた。ジェイコブのブーツを。そして、そのなかに事情をはっきり記した身元保証書を畳んで入れた。旅行上の指示は明確だった。

　みんなうまく行くだろう。ちょうど寂しさといっしょになって棺衣のように心を覆う子供のいないつらさが、その前兆となった薄雪のように溶けて消えたように。出世しようというジェイコブの決意が彼女を悩ませなくなったように。もっともっと多くを手に入れる満足感は、貪欲の表われではない、物自体がほしいのではなく、入手の過程が楽しいのだと、レベッカは判断した。真実がどうであれ、いかに憑《つ》かれているように見えようと、ジェイコブはそこにいた。彼女といっしょに。ベッドのなかの彼女の隣で息をしていた。眠っている間ですら、彼女のほうへ手を伸ばして。それが、突然いなくなったのだ。

　アナバプティストの人たちは正しかったのだろうか。幸福とは悪魔の誘惑、人をじらす悪魔の策略なのだろうか。彼女の愛情はあまりに弱く、単なる餌にすぎなかったのか。彼女の頑固な自己充足は、公然たる冒瀆行為だったのか。だから幸福の絶頂で、再び死が彼女のほうを向いたのだろうか。そして、微笑したのか。でも、彼女の船友たちは、それとうまくやっているように見えた。彼女たちの訪問からわかったかぎりでは、人生がどんなものをもたらそうと、どんな障害に直面しようと、彼女たちは自分の利益になるよう状況を操り、自分自身の想像力を信頼していた。バプティストの女性たちは、他のものを信頼している。彼女の船友たちとは違い、人生の気まぐれに挑戦しようともしなければ、立ち上がろうともしなかった。その反対に、死に挑戦した。死が彼女たちを消す、この地上の生がすべてだ、その先には何もない、苦しみを認めてくれるものもなければ、確かに報いもない、という主張に挑みかかったのだ。彼女たちは無意味なもの、行き当たりばったりの生き方を拒否した。彼女の船友たちを興奮させ、彼女たちに挑戦したものは、教会の女たちを恐怖に陥《おとしい》れた。各々のグループが、他のグループには深い、危険なほどの欠陥があると思いこんでいる。彼女たちは、お互いについての見方には何一つ共通したものはないが、一つの件に関しては、すべての点で共通していた。つまり、男たちの約束と脅威。ここに、安全と危険の両方があるという点では、彼女たちの意見は一致していた。そして、両方が折り合った。リナのように男たちの手で救いと破滅の両方を経験した何人かは、引き下がった。ソローのように他の女性たちから一度も指導してもらったことのない何人かは、彼らの慰み者になった。レベッカの船友たちのような何人かは戦った。敬虔《けいけん》な他の人々は従った。そして、彼女自身のような少数派の人々は、お互いに愛想のよい関係を続けたあとで、男がいなくなったあとは、子供のようになった。身分もなければ、男の肩もなく、家族の支持も、好意を寄せてくれる人もない。

末亡人というものは事実上、違法だった。だが、それが当たり前ではなかったのか。アダムが最初で、イヴは次だった。そして、イヴは自分の役割を混同して、最初の社会の除《の》け者になったではないか。

アナバプティストの人たちは、右に述べたようなことのどれについても混同してはいなかった。アダムは（ジェイコブのように）善良な男だったが、（ジェイコブとは違って）連れ合いから煽動され、害された。彼らはまた、受け入れられる行ないや正しい思想というものには境界があることを理解していた。言い換えれば、罪にはさまざまなレベルがあり、位が下の人々がいるということだ。たとえば、ネイティヴ・アメリカンやアフリカ人は神の恩寵に近づくことはできるが、天国――彼らが自分の家の庭のようによく知っている天国――には行けない。死後の生活は神聖以上のもので、スリルに満ちていた。永遠に神を讃える歌が聞こえてくる、青と金色に輝く天国ではなくて、冒険に満ちた現実的な生活だった。そこでは、すべての選択は完璧で、完全に施行されていた。レベッカが話したことのある教会の女性は、そこをどういう風に描写しただろうか。そこには音楽と宴《うたげ》があり、ピクニックや荷車での遠乗りがある、と言った。歓楽があり、夢が叶うのだ。そして、ある人が真の信仰に身をゆだね、終始一貫して敬虔だったら、おそらく神は憐れんで、彼女の子供たちを神の国に入れてくれるだろう、その子たちは浸礼を施すには幼すぎるけれど、と言った。だが、最も重要なのは、時間があるということだ。永遠の時間が。救われた人々と語らい、いっしょに笑う時間。凍った池ではスケートさえできるが、岸辺には手を暖めるためのパチパチ爆ぜる火がある。橇《そり》が鈴を鳴らして走り、子供たちは雪の家を作り、牧場でフープをして遊ぶ。天気はいつも望み通りのものになるからだ。それを考えてごらんなさいよ。想像するだけでもいいわ。病気はないのよ。永久に。痛みもなし。歳も取らないし、どんな類いのものであれ、弱さもない。喪失も、悲しみも、涙もないのよ。そして明らかなことだけど、もう死ぬこともない。たとえ星が壊れて埃になり、月が海底の屍のように解体してしまおうとも。

彼女は考えることをやめて、信じさえすればよかった。レベッカの口のなかの乾いた舌は、迷子になった小動物のようなふるまい方をした。彼女は自分の思考がバラバラなのはわかっていたが、それが明瞭であることは確信していた。彼女とジェイコブがかつてこういう事柄を話しあい、議論できたということが、彼の喪失を耐えがたくした。彼の気分や気質がどういうものであっても、彼は真の意味での仲間だったから。

いまわたしには召使いのほか誰もいない、と彼女は考えた。最上の夫は死んで、彼があとに残した女たちによって埋葬された。子供たちは空のバラ色の雲になっている。ソローは当然ながら、わたしが死んだらどうなるか将来を恐れている。リナだけがしっかりしている。幽霊船の上で暮らしたために心が歪んだ、頭の弱い女の子だから。リナだけがしっかりしている。まるであらゆるものを見て、それから生き残ったかのように、どんな大災厄にもビクともしない。ジェイコブが留守にしたあの二年目、季節外れの吹雪に閉じこめられたときのように。彼女とリナとパトリシアンは、二日後には餓死寸前になった。どんな道路も小道も通行できなくなった。土間の穴のなかで爆ぜていたみじめな馬糞の火があったのに、パトリシアンは真っ青になった。獣皮を身にまとい、かごと斧を持って、腰まで積もった吹雪、心を麻痺させる風のなかを、危険を冒して川まで出かけたのはリナだった。

そこで、彼女は氷を打ち割り、その下からサケを捕えて持ち帰り、彼女たちを養ってくれた。それから、罠で捕えることのできたものでかごをいっぱいにして。小道を帰る途中、両手が凍えないようにかごの把手《とって》を編み髪にくくりつけていた。

それがリナだった。あるいは、神だったのか。ここの喪失の奈落の底で、彼女はこの国への旅、家族の死滅、彼女の全人生は、実のところ神の啓示にいたる道の途中の小駅だったのだろうか、と考えた。あるいは、破滅にいたる道の？　どうして彼女にわかろう？　そして、死の唇が彼女の名前を呼んでいるいま、誰に頼ることができようか。鍛冶屋？　フロレンス？

どのくらい時間はかかるのだろう彼はいるだろうか彼女は迷子になるだろうか誰かが彼女を襲うだろうか彼女は帰るだろうか彼は来るだろうかもう遅すぎるだろうか？　救いには。

わたしは眠り、それからどんな音がしても目をさます。それから夢を見る。サクラの木がわたしのほうへ歩いてくる。わたしには夢だとわかる。葉と実をいっぱいつけてるから。サクラの木がわたしに何をしてほしいのかはわからない。見るだけ？　触れてほしいの？　一本の木がかがみこみ、わたしは小さい叫び声をあげて目をさます。変わったことは何もない。木々には重いほどサクランボがついているわけではなく、わたしに近づいてきたわけでもない。わたしはおとなしくなる。それはミーニャ・マンイが男の子を連れてそばに立っている夢よりはいい。こんな夢のなかで彼女はいつもわたしに何か言いたがっている。目を大きく見開いて。口を動かしている。わたしは彼女から目を背ける。次の眠りは深い。

鳥の歌ではなく太陽の光で目がさめる。雪はみんな消えている。排便するのが厄介だ。それからわたしは北へ向かって歩いていると思うが、ひょっとしたら西のほうへ歩いているのかもしれない。いいえ、北に進んでいる。ついに、わたしに手をかけ、しっかりつかんで、通せんぼしているような藪のところへ来たから。若木の間に広がったイバラの茂みは幅が広く、高さはわたしの腰のところまである。長い間これを押し分け押し分け進んで行くが、うまく行った。突然わたしの前に熱い陽光に灼かれた広々とした牧場が出現し、火の匂いがするからだ。ここは、自分が燃えたことを覚えている場所だ。足の下には新しい草が、深く、厚く、小羊のウールのように柔らかく生えている。わたしはかがんで草に触れ、リナがどんなにわたしの髪をくしゃくしゃにするのが好きだったかを思い出す。それをやって彼女は笑いだし、わたしが本当に小羊だという証拠だと言う。じゃあ、あなたは？　とわたしは訊く。すると、馬よ、と答えて、たてがみを振る。わたしはこの陽光の当たる野原を何時間も歩いている。のどの渇きがあんまりはげしくて、気が遠くなりそうだ。向こうのほうにブナとリンゴの木がまばらに生えている森が見える。そこの木蔭は、若葉のせいで緑色に見える。どこもかしこも小鳥のおしゃべりばかり。わたしは森に入りたくてたまらない。水があるかもしれないから。わたしは立ち止まる。ひづめの音が聞こえる。木立の間から馬に乗った人々が、わたしのほうへひづめの音を響かせてやってくる。みんな男で、ネイティヴ・アメリカンで、若い。何人かはわたしより若そうだ。馬に鞍《くら》をつけている人はいない。誰も。わたしはこれに感心し、彼らの肌の輝きにも感嘆する。でも、彼らが怖くもある。彼らは馬の歩調を緩めて、近づいてくる。彼らはぐるぐるまわる。ほほえむ。わたしは震えている。彼らは柔らかい靴をはいているが、馬は何もはいていない。馬と人の髪は、リナの髪のように長くて解けている。彼らはわたしの知らない言葉を話して笑う。一人が指を口のなかに入れて、入れたり出したり、入れたり出したりする。他の連中はもっと笑う。彼も笑う。それから、彼は頭を高くあげて、口を大きく開け、親指で自分の唇を指す。わたしはみじめさと恐怖のあまり、ひざをつく。彼は馬を降りて近づいてくる。わたしは彼の髪の香料を嗅ぐ。彼の目は、リナの目のように大きくも丸くもなくて、斜めだ。彼は胸にかけた紐から下がった小袋を外しながら、にやりと笑う。彼はわたしにそれを差し出すが、わたしはあんまり震えていて手を出すことができない。それで彼はそれから飲み、もう一度わたしに差し出す。わたしはそれが欲しい。死にそうなほど飲みたいが、動けない。できるのは口を大きく開くことだけ。彼は近寄ってわたしの口に水を注ぎこみ、わたしはガブガブと飲む。彼らの一人がバアバアバアと子山羊の声のような声をあげ、みんなが笑って脚を叩く。水を注いでいた男は小袋を閉じ、わたしがあごを拭くのを見守ったあと、もう一度肩にかける。それから彼はウエストから垂れているベルトのほうへ手を伸ばし、黒く細長いものを引っ張り出して、モグモグ歯を噛みあわせながら、それをわたしにくれる。皮のように見えるが、わたしはそれを受け取る。わたしが受け取るやいなや彼は走って馬に飛び乗る。ショックだ。あなたはこの事件が信じられる？　彼は草の上を走って飛び上がり、馬にまたがるからだ。わたしがまたたきをすると、彼らはみんな消えている。彼らがついさっきいたところには、何もない。リンゴの木だけが蕾《つぼみ》を開こうと懸命になっていて、笑っている少年たちのこだまが聞こえる。

わたしは黒く細長いものを舌の上に乗せる。思った通りだ。それは皮。それでいて塩気があってピリッとしてあなたの女の子、つまりわたしにはとてもいい慰めになる。

もう一度わたしは森を抜けて北に向かう。離れたところから少年たちの馬のひづめの跡をたどりながら。暖かく、さらに暖かくなる。だが、大地は冷たい露でずっと湿っている。わたしは、濡れた大地の上ではどんな感じがするかは忘れ、代わりに、背の高い乾いた草のなかのホタルのことを考えようとする。お星さまがとてもたくさん出ているので昼間のようだ。あなたはわたしの口を手で覆う。それで、誰もわたしの歓びが眠っている雌鶏を驚かすのを聞くことはできない。静かに。静かに。誰にも知られてはいけないが、リナは知っている。気をつけなさいよとリナは言う。わたしたちはハンモックに寝ている。わたしはちょうどあなたのもとから帰ってきたところで、罪の思いにさいなまれながらもっと多くを期待している。わたしは彼女にその意味を訊く。彼女は、この家にはたった一人バカがいるけど、そのバカはわたしじゃないから気をつけな、と言う。わたしは眠くて答えられないし、答えたくもない。わたしはあなたのあごの下のあの場所のことを考えるほうが好き。そこではあなたの首が骨と出会い、小さなカーヴがあって、舌の先が入るほど深いけど、ウズラの卵くらいの大きさしかない。わたしが眠りに入ろうとすると、彼女の声が聞こえる。ラム酒よ、ラム酒のせいだと思ったわ。はじめてラム酒を飲んだからよ。彼ほどの学問と地位を持った街の男性は、素面のときにはあれほど不名誉なことは仕出かさないと思うから。わかるわ、と彼女は言っている。わたしにはわかってる。だから、秘密の必要性には従うわ。彼が家に来るときは決して彼の目は見ないようにする。彼が口にくわえた藁しべだけを探すわ、と彼女は言っている。でなきゃ、その夜あんたたちが逢う印として彼が門の蝶番のところにはさむ棒をね。眠気が去っていく。わたしは体を起こしてハンモックから両足を垂らす。ロープが軋んで揺れる。彼女の声にはわたしをちくりと刺すものがある。何か古いもの。何か切りつけるものがある。わたしは彼女を見る。お星さまの明るさ、月の輝き。両方とも彼女の顔を見るには十分だが、表情を読み取るには不十分。彼女の編み髪はほどけ、毛の房がハンモックの編目からこぼれている。彼女は、家族はいないし、ヨーロッパ人に支配される、と言っている。二度目のラム酒もその次もない、と彼女は言っている。でもあの頃、彼は怒ると手のひらを使う、ランプ用の油を彼のズボンの上にこぼしたり、またはシチューのなかに小さな虫が入っているのを彼が見つけたりすると。それから、彼が最初は拳骨を、次には鞭を使う日が来る、と。スペイン貨幣が彼女のエプロンのポケットの擦り切れたところから落ちて、二度と見つからない。彼はこれが許せない。わたしはもう十四歳だから、もっと賢くならなきゃいけないのよ、と彼女は言っている。そしていまは、もっと賢くなっている、と言う。彼女は、鼻から流れる血を指で拭きながら街の小道を歩いていくとどんな気がするか、両方の目がつぶれかけているのでつまずくと、人々は多くのネイティヴ・アメリカンと同じようにわたしも酒を飲んでいると考えて、わたしにそう言うのよ、と言う。長老派の人々は彼女の顔と服で拭いた血をじっと見るが何も言わない。彼らは印刷屋を訪れ、彼女を売りに出す。彼らはもう彼女を家に入れない。だから何週間も彼女は寝られるところで眠り、彼らが彼女のためにポーチに出しておくボウルから食べる。犬のように、と彼女は言う。犬のように。それからサーが買ってくれるのだけど、その前、彼女はするりと出て行き、二羽の雄鶏の首をへし折って、その頭を恋人のそれぞれの靴に入れた。だから、それ以後は、彼が一足歩くたびに永遠の破滅に近づくのよ、と言う。

わたしの話をお聞き、と彼女は言っている。わたしがあんたの歳のとき、唯一の飢えは肉欲だった。男には二つの飢えがある。身なりを整えるくちばしは嚙みもする。ねえ、ここでの彼の仕事が終わると、どうなるのか教えて、と彼女は言う。彼女が言ってるのは、彼はあんたを連れてくの？　ってことかしら、とわたしは思う。

わたしはそんなことを考えてはいない。そのときも、その後もずっと。あなたはわたしを盗めないし、結婚できないことをわたしは知っている。どちらも法が許さない。わたしにわかっているのは、あなたが去ればわたしは萎《しお》れる、そして、マダムがあなたのもとへわたしを送るときは、まっすぐ行くということだけ。使いに出ることは逃げることとは違う。

こういうことを考えていると、歩き続けられるし、地面に横になって眠ろうという気にならずにすむ。でも、とても疲れたし、水が飲みたくてたまらない。

わたしは、雌牛が木々の間で草を食んでいる地方へやってくる。雌牛が森のなかにいるのなら、農場か村が近いはずだ。サーもマダムも、数少ない牛をこのように放してはおかない。彼らは牧場をフェンスで囲む。肥料がほしいし、隣人たちと喧嘩はしたくないからだ。マダムは、牧場の放牧はまもなく終わる、だから他のビジネスをやるのだ、ここの地域では農業だけでは決して十分ということにはならないから、とサーは言ってると言う。たとえ掠奪的な野生の生活がそれをやらなくても、黒ハエだけでもすべての希望を殺してしまえるのだ。農場は、昆虫たちの欲望によって、また天候の気まぐれによっても、生きたり死んだりする。

わたしは小道を見つけて入る。その道は小川にかかる水車のそばを通って、狭い橋へ通じている。軋む水車とはねかえる水が、静けさをかたどっている。雌鶏は眠り、犬は来られない。わたしは土手を急いで下り、小川の水をなめるように飲む。水は蠟燭《ろうそく》の蠟のような味がする。わたしは一口飲むたびに口に入ってくる藁のかけらを吐き出し、小道に取って返す。宿がほしい。太陽は沈みかけている。わたしは二つの小屋を見つける。両方に窓があるが、ランプの光は洩れていない。小さな納屋みたいなものがもっとたくさんあるが、そこには開いた戸口から入ってくる昼間の光しかないらしい。だが、どれも閉まっている。大気中には炊事から立ち上る煙はない。誰もが去ってしまったのだろう、とわたしは考える。それから、村の彼方の丘の上に小さな塔が見えたので、人々は夕べの祈りをしているのだと確信する。わたしはいちばん大きな家、なかに召使いがいそうな家のドアをノックしようと心を決める。そちらのほうへ歩いて行きながら、肩越しに振り返ると、ずっと先のほうに一つの灯りが見える。それは村中で灯りのついた唯一の家なので、そこへ行くことにする。一足歩くごとに無数の石が歩みを妨げ、封蠟の蠟を足の裏に強く擦りこむ。雨が降りはじめる。やさしく。雨がかかったスズカケの香りがしたら、すてきな匂いになるはずなのに、焼ける匂いがする。家禽を茹でる前に鳥の初毛を焦がすときのような。

わたしがドアをノックするとすぐ、一人の女がドアを開ける。彼女はマダムやリナよりずっと背が高く、目は緑色だ。彼女の他の部分は、褐色のフロックを着て、白いキャップをかぶっている。赤い髪が縁どりをしている。彼女は疑り深そうな表情を見せ、手のひらをこちらに向けて片手を突き出す。まるでわたしが力ずくで押し入ろうとしているかのように。誰の使いで来たの？と彼女は訊く。わたしは、お願いです、と言う。一人なんです、と言う。誰のお使いでもありません。一夜の宿をお願いしたくて来たのです。彼女はわたしのうしろの右と左を見てから、身を守るものはないのか、仲間はいないのか、と訊く。いいえ、マダム、とわたしは言う。彼女は目を細めて、この地球の住人か、他の星から来たのか、と訊く。彼女の顔はきびしい。わたしは、この地球の住人です、マダム、他の星は知りません、と言う。クリスチャンか異教徒か、と彼女は尋ねる。一度も異教徒になったことはありません、とわたしは言う。父は異教徒だったという話は聞いたことがありますけど、とわたしは言う。じゃあ、彼はどこに住んでるの？　と彼女は訊く。雨はだんだんひどくなる。飢えのためわたしはよろめく。わたしは父を知らないし、母は死んでます、とわたしは言う。彼女は表情を和らげ、うなずいてから、孤児さん、お入り、と言う。

彼女は、自分の名は未亡人のイーリングだと言うが、わたしの名は訊かない。こんなこと言ってすまないけど、このあたりは危険なのよ、と彼女は言う。どんな危険ですか、とわたしは尋ねる。悪よ、でも、あんたは気にしちゃだめ、と彼女は言う。

わたしはゆっくり食べようとするが、だめだ。固いパンを美味しく暖かい大麦のお粥に浸し、彼女が杓子でわたしのボウルにもっとお粥を入れてくれたときに、ありがとうと言う以外、頭をあげない。彼女はお粥のそばに一握りの干しブドウを置く。わたしたちは暖炉のあるちょうどいい大きさの部屋にいて、テーブルやスツールと、二つの寝場所、つまりボックス型のベッドと藁布団がある。他の場所に通じる二つの閉まったドアがあり、クローゼットだと思われる場所と、ジョッキやボールが置いてある後ろのほうに壁龕《へきがん》がある。飢えがようやく収まったとき、わたしはボックス型ベッドの藁の上に、一人の少女が横になっているのに気づく。彼女の頭の下には毛布を巻いたものがある。彼女の目の一方は他のほうを向き、もう一方は雌オオカミのように、たじろぎもせず、まっすぐ前を見つめている。両方とも石炭のように黒く、未亡人の目には全然似ていない。わたしは何か声をかけなければいけないとは思わなかったので食べつづけ、少女か未亡人が何か言うのを待つ。ベッドの足もとにはかごがある。子供がそこに寝ているが、頭もあげられず、声も出せないほど病気が重い様子。わたしが最後の干しブドウの一粒まで食べ終えると、未亡人が一人で旅をする目的は何か、と訊く。わたしは、マダムがわたしを使いに出したのです、と言う。彼女は唇をへの字に曲げて、この辺では、女性の生命を危険にさらすのは由々しいことなのよ、と言う。マダムは死にかけているのです、とわたしは言う。わたしの使いで生命が助かるのです。彼女は顔をしかめて、暖炉のほうを見る。最初の死からじゃないわね、と彼女は言う。たぶん、二番目の死からでしょ。

わたしは彼女の言葉の意味がわからない。死は一つだけで二つはない、そのあとにはたくさんの人生がある、ということをわたしは知っている。昼間のフクロウを覚えてる？　わたしたちはすぐそれが誰だかわかる。あなたには、薄青いフクロウはお父さんだということがわかる。他のフクロウは誰なのか、わたしにはわかると思う。

藁布団の上に寝ていた少女が肘をついて身を起こす。これは、わたしたちがここに死にに来た死なのよ、と彼女は言う。彼女の声は男の声のように深い。わたしと同じくらいの歳に見えるけど。イーリング未亡人は答えない。わたしはこれ以上あの目を見たくない。すると、少女がもう一度口を開く。わたしの肉はリボンのように切れ切れにされたけど、鞭打ってもそれは変えられないわ、と彼女は言う。それから立ち上がり、片方の足を引きずりながらランプが燃えているテーブルのところに来る。次に、ランプを腰のところにかかげて、スカートをめくり上げる。彼女の脚に黒い血が点々とカブト虫のように連なっているのが見える。青白い肌の上に注ぐ光のなかで、その傷は生きている宝石のようだ。

　娘のジェインよ、と未亡人が言う。この鞭打ちの傷が彼女の生命を救うかもしれないの。

　もう遅いわ、とイーリング未亡人が言っている。あいつら、朝までは来ないでしょ。彼女はシャッターを下ろし、ランプを吹き消して、藁布団のそばにひざまずく。娘のジェインは藁布団に戻る。未亡人はささやき声で祈る。ここの闇は牛小屋より暗く、森より深い。月の光は、たった一つの割れ目からは浸み入ってこない。わたしは病気の子供と暖炉のそばに横たわるが、眠りは彼女たちの声で切れ切れになる。沈黙は長く、そのあと二人は話す。わたしは音の方向だけではなく、イーリング未亡人は娘とは違う話し方をするので、どちらが話してるのか言い当てることができる。未亡人の声は、娘のより歌うような響きが強い。それでわたしには、わたしが悪魔じゃないってどうすれば証明できるの？　と言ってるのは娘のジェインで、シーッ、それを決めるのはあいつらよ、と言ってるのは未亡人だということがわかる。しじま。静寂。それから、二人の話は行ったり来たりする。あいつらがほしがってるのは牧草よ、母さん。じゃあ、どうしてわたしじゃないの？　次は母さんかもしれない。少なくとも二人の人が悪魔《ブラック・マン》を見たと言ってるわ。そして彼は……イーリング未亡人はそこで言葉を切り、しばらくの間それ以上何も言わない。それから、朝が来たらわかるわと言う。あいつらはわたしがわたしだということを認めてくれるわね、と娘のジェインが言う。彼女たちはお互いに早口でしゃべる。知識は彼らのものだけど、真相はわたしのもの、真実は神様のものよ、それなら、どんな人間がわたしを裁けるの？　あんたはスペイン人みたいな話し方をするわね。聞いて、お願いだから聞いて。神様があんたの声を聞いてはいけないから黙ってて。神様はわたしを見棄てないし、わたしも見棄てない。でも、母さんはわたしの肉を血だらけにした。いったい何度聞いたらわかってくれるの、悪魔は血を流さないってことを。

あなたは一度もこんなことをわたしに教えてはくれなかったから、いま知るのはいいことだ。もし母さんが死んでなければ、これらのことを教えてくれたかもしれない。

眠ったのはわたし一人だと思う。わたしは目がさめたとき、外では牛がすでにもうと鳴いていたので恥ずかしくなる。未亡人が山羊の子供を両手に抱えあげ、母山羊の乳を飲ませるため外へ連れて出るとき、子山羊はメエと小さく鳴く。彼女は帰ってくると、両方の窓のシャッターを上げ、ドアを広く開け放つ。二羽のガチョウが勿体ぶった歩き方をする雌鶏を従えてヨチヨチ入ってくる。別の一羽は窓から飛びこんで、残飯あさりに加わる。わたしは麻のカーテンの後ろにある室内便器を使ってもよいか許可を求める。終わったあと、わたしが出てくると、娘のジェインは両手で頭を抱え、他方未亡人が脚の傷を新しくしている。新しい血の筋が乾いた血の筋の間で光っている。山羊が入ってきて、娘のジェインがしくしく泣いている間モグモグ嚙みながら藁のほうへ近づく。未亡人は満足のいく放血治療がすむと、山羊をドアから押し出す。

酸敗して固まった牛乳とパンとの朝食のテーブルで、未亡人と娘は合掌し、頭を垂れて、何やらつぶやく。わたしも同じようにして、神父様が朝と夜、唱えるよう教えてくれ、母がわたしといっしょに繰り返していた祈りをささやく。主の祈り《ペーター・ノスター》を。終わりにわたしが額に触れようと片手を上げると、娘のジェインがしかめ面をしているのに気づく。彼女は駄目と言うように頭を横に振る。それでわたしはキャップを直すふりをする。未亡人がスプーンでジャムを酸敗した牛乳に入れ、わたしたち二人は食べる。娘のジェインは食べようとしない。それで、彼女の分までわたしたちが食べる。そのあと未亡人は暖炉のところへ行き、薬缶を火の上で振る。わたしはボウルとスプーンをテーブルからクローゼットのほうへ運ぶ。クローゼットには狭いベンチの上の洗い桶に水が入れてあるからだ。わたしは一個ずつていねいにすすいでから拭く。大気はきりっとして冷たい。火の上にかけた薬缶の水が沸騰する。わたしは振り向き、その湯気が石の壁に当たってカールして物の形を作るのを見る。一つの形は犬の頭のようだ。

　わたしたちはみんな、小道を登ってくる足音を聞く。わたしはまだクローゼットで忙しく、誰が入ってきたか見ることはできないが、話は聞こえる。未亡人が訪問者にすわるよう勧めるが、彼らは断わる。男の声が、これは予備的な聴取だが目撃者は数人いると言う。未亡人が彼の言葉をさえぎって、娘の目が斜視なのは神様がそうお作りになったためで、特別な力はありませんよ、と言う。それから、見てください、彼女の傷を見てください、神様の息子は血を流します、と言う。わたしたちは血を流すけど、悪魔は決して血を流しませんよ。

　わたしは部屋に入る。そこには一人の男と、三人の女と、一人の少女が立っていて、少女は母がわたしを送り出したときの自分を思い出させる。わたしがあの子はなんてかわいいのかしらと考えていると、その子は金切り声をあげて、女の一人のスカートの後ろに隠れる。それで、訪問者全員が振り向いてわたしを見る。女たちはあえぐ。男のステッキが床に倒れて大きな音を立てたので、部屋に残っていた雌鶏がキーキー鳴いて羽をバタバタさせる。彼はステッキを拾って、それでわたしを指し、この人は誰だ？　と言う。女たちの一人が目を覆い、神よ助けたまえと言う。少女は泣き声をあげ、前後に体を揺する。未亡人は両手を振って、一夜の宿を求めてきた客人です、と言う。わたしたちが彼女を家に入れたのです。どうして家に入れて、食物をあげないでいられましょうか。どの夜だ、と男は訊く。過ぎたばかりの夜です、と彼女は答える。一人の女が、これほど黒い人間は一度も見たことがないわ、と言う。すると、もう一人が、わたしは見たことがあるわ、この子はわたしが見た他の人たちと同じほど黒いわね、と言う。その子はアフリカ人よ、アフリカ人ともっと他の血が入っているわね、と別の女が言う。ちょっとこの子を見て、と最初の女が言う。彼女はそばで震えながらうめいている少女を指差す。この子の言うことを聞いて、聞いて。じゃあ、本当なのね、と別の女が言う。わたしたちの間に悪魔《ブラック・マン》がいるというのは。この子は彼の手先よ。少女はどんなに慰めても静まらない。彼女がしがみついていたスカートの主が、少女を外に連れ出す。すると、少女はすぐおとなしくなる。わたしには何もわからない。ただ犬の頭が示すように、わたしに危険が迫っていて、未亡人だけが唯一の味方だということより他には。わたしは叫び、待つ。お願いです、サー、と叫ぶ。わたしがしゃべれることが彼らにはショックだったと思う。わたしの手紙をお見せしましょう、とわたしはもっと静かに言う。この手紙が、わたしはマダム以外誰の手先でもないことを証明しています。わたしはできるかぎり早くブーツを脱いで、ストッキングを巻き下ろす。女たちは大きく口を開け、男は目を逸らし、それからゆっくりと戻す。わたしはマダムの手紙を取り出し、それを差し出すが、誰も触れようとしない。男は、それをテーブルの上におけ、と命令するが、封蠟を剝がすのが怖い。それで、未亡人にそれをやれと言う。彼女は指の爪で封蠟をつつく。蠟が落ちると、手紙を広げる。手紙は厚すぎて、そのままでは平らにならない。ベッドから身を起こした娘のジェインを含めて、みんなが刻印をさかさまに見つめているので、読み書きができるのは男だけだということが明らかになる。彼はステッキの先を書類の上に置き、正しい側を上にして、まるで手紙が飛び去るか彼の目前で炎もないのに灰に変わってしまうかのように、そこに押さえつける。それから深くかがみこんで、じろじろと仔細に見てから、手紙を取り上げて音読する。

この手紙の署名者、ミルトンのミセス・レベッカ・ヴァークは、この手紙を落掌された方の手中にある女性の保証人であります。彼女はわたしの所有物であり、左の掌の火傷の痕が本人であることを証明しております。どうぞ彼女を安全に通過させ、彼女の使命を全うするために必要なすべてのものを授けてくださいますように。この地上におけるわたしたちの生命、わたしの生命が彼女の速やかな帰還にかかっております。

署名　レベッカ・ヴァーク、ミルトン　　一六九〇年五月十八日

娘のジェインが立てた小さな音以外、何の物音もしない。男はわたしを見、もう一度手紙を見、

わたしに視線を戻して、また手紙を見る。再びわたしを、それからもう一度手紙を見る。ほらね、と未亡人は言う。男は未亡人を無視して、二人の女のほうを向いて何やらささやく。彼らはわたしに貯蔵室に続くドアのほうへ行くよう指差し、そこで、運搬用の箱や糸繰り車の間に立ち、わたしに服を脱げと命令する。わたしには触れないで、彼らはわたしにするべきことを告げる。わたしの歯と舌を見せろ、と。彼らはわたしの掌の上の蠟燭による火傷の痕、あなたがキスして冷ましてくれた火傷を見て顔をしかめる。彼らはわたしの腋の下や両脚の間を見る。それからわたしの周囲をまわり、上体を傾けてわたしの足を検査する。裸で彼らの凝視にさらされているわたしは、彼らの目のなかに何があるか探ろうとする。憎しみ、恐怖、嫌悪はないが、離れたところからわたしの体を見、わたしの存在を認めもせずにわたしを見つめている。豚でさえ飼料桶から顔をあげるときは、もっと繫がりのある表情でわたしを見るのに。女たちはわたしの目から目を逸らすが、それはあなたが、クマが好きだから遊ぼうと近寄ってこないようクマと視線を合わせてはいけないと言った通りの逸らし方だ。ついに彼らは服を着ろと言い、部屋を出て、後ろでドアを閉める。わたしは服を着る。喧嘩する声が聞こえる。少女は戻ってはいるが、いまではもうすすり泣きはせず、怖いよ、怖いよと言っている。女の声が、悪魔は手紙を書くだろうかと訊く。悪魔は何から何まで騙《だま》しと策略なのよ、と別の女が言う。しかし、女性の生命が危機に瀕しているのです、と未亡人は言う。では、神様が罰しなさるのは誰ですか。男の声が響き渡る。我々はこれを他の人たちに伝えよう、と彼は言う。我々はこれを調査し、相談し、祈り、答えを持って戻ってくる、と。わたしが黒い男の手先であるかどうかは、はっきりしていないように思われる。

わたしが部屋に入ると、小さな女の子は金切り声を上げ、両手を連枷《からざお》のように振りまわす。女たちが少女を囲んで外へ走り出る。男は家から出るなと言う。彼は手紙を持って行く。未亡人は懇願に懇願を重ねながら、彼についていて小道を下っていく。

彼女は戻ってきて、彼らは仲間と相談するので時間をほしがっていると言う。手紙があるので希望を持っている。娘のジェインは笑う。イーリング未亡人はひざまずいて、祈る。彼女は長いこと祈ったあとで立ち上がり、ある人に会わなくちゃならないわ、と言う。彼の証言と助けが要るから。

誰？　と娘のジェインが訊く。

保安官よ、と未亡人が言う。

娘のジェインは、母親が部屋を出て行くと、彼女の見ていないところで唇を曲げる。

わたしは、娘のジェインが脚の傷の手当てをしているのを見て、怖くなる。陽は高くなったが、未亡人はまだ戻ってこない。わたしたちは待つ。やがて陽がかげりはじめる。娘のジェインはアヒルの卵を茹で、冷めるのを待って四角い布に包む。それから毛布を畳んでわたしに渡し、一本の指でついて来いという身振りをする。わたしたちは家を出て、急いで裏にまわる。あらゆる種類の鳥がコッ、コッと鳴いて、わたしたちの足もとから飛び立つ。わたしたちは牧場を抜けて走っていく。雌山羊が後ろを向いてこちらを見る。雄山羊は見ようとしない。悪い徴だ。わたしたちはフェンスの張り石と張り石の間を身をよじって通り抜け、森に走りこむ。その後は娘のジェインが先導して、ゆったり歩く。太陽は姿を隠し、残った光を木の影を通して注ぎかける。小鳥や小動物は食べ、互いに呼びかわしている。

わたしたちは小川のところへ来る。小川の大部分は乾いているが、他のところはぬかるんでいる。娘のジェインは布に包んだ卵をわたしに渡す。それから、どういう風に行けばいいか説明してくれる。どこで郵便道路に通じる小道が見つかるか、その郵便道路が、あなたがいると思う村落に通じている、と。わたしはありがとうと言い、彼女の手を取ってキスしようとする。彼女は駄目、わたしのほうが感謝してるのよ、と言う。あいつらはあんたを見て、わたしのことは忘れたから。彼女はわたしの額にキスして、それからわたしが乾いた川床を降りていくのを見守る。わたしは振り向いて彼女を見る。あんたは悪魔なの？　とわたしは訊く。彼女の気まぐれな目は落ち着いている。彼女は微笑して、そうよ、もちろん、さあ、行きなさい、と言う。

旅の途中で、わたしのほうを見る目を除けば、わたしは独りで歩いて行く。わたしの存在を認めず、尻尾や余分の乳首や両脚の間に男の鞭がないかどうか調べる目。わたしの臍が正しい場所にあるかどうか、わたしのひざは犬のひざのように後ろに曲がらないかどうか、じっと眺めて判定を下すいぶかる目。彼らはわたしの舌が蛇の舌のように割れていないかどうか、また、わたしの歯は彼らを噛み砕いてしまえるよう、やすりをかけて尖らせていないかどうか、見たがっている。わたしが闇から飛び出して噛みつけるかどうか、知りたいのだ。内側では、わたしは縮みかけている。わたしが木々に見守られて川床を登っていくと、わたしはもう昔のわたしではないことがわかる。だが、歩いていく一歩ごとに何かを失っている。わたしのなかの力が涸れていくのが感じられる。何か貴重なものがわたしから落ちていく。わたしは分裂している。手紙があれば、わたしは所属場所がある合法的な存在だが、手紙がなければ、群れからはぐれた弱い仔牛、甲羅のない亀、生まれつきの闇のほか素性を明かすものを持たない手先にすぎない。確かに外側は闇だが、内側も同じ闇。内側の闇は小さく、羽があって、歯が突き出ている。母さんが知っていたのは、こういうことか。どうして母さんは、わたしが母さんなしで暮らすほうを選んだのか。わたしが言うのは、わたしたち、つまりミーニャ・マンイとわたしが共有している外側の闇のことではなく、わたしたちが共有していない内側の闇のことだ。この死にゆくものはわたしだけのものか。爪と羽のあるものは、わたしのなかの唯一の生命なのか。あなたは説明してくれるわね。あなたにはわたしと同じ外側の闇がある。わたしがあなたに会って、あなたのなかに落ちていくとき、わたしは生きているとわかる。突然、いつも怖がっている以前のわたしとは全然違うことに気づく。いま、わたしはどんなものも怖くない。太陽が沈み、あとに闇を残すが、闇はわたしだ。わたしたちだ。わたしの家だ。

ツインが彼女の本名を使っている間、彼らがソローと呼んでも、彼女は気にしなかった。混同しやすかった。彼女を必要としたのは、あるときには主婦、または木挽き、または息子たちだった。他のときにはツインが話したり、散歩したり、遊んだりする仲間をほしがった。二つの名前があるのは好都合だった。他の誰にもツインは見えなかったから。だから、服をゴシゴシ洗っていたり、ガチョウの番をしたりしていたとき、船長が使った名前が耳に入ると、ツインが呼んでいることがわかった。しかし、誰の声であれ、「ソロー」と呼べば、何を期待すればいいか、すぐわかった。もちろん、ツインが製材所のドアから呼ぶとか、彼女の耳のすぐそばでささやくときには、そちらのほうが好ましいに決まっている。だから、そういうときには、どんな雑用であれ、やっていた仕事を放り出して、分身のあとについていく。

彼女たちは掠奪船のなかの外科医のハンモックの下で会った。人々は一人残らずいなくなるか、溺死した。そして、外科室で阿片による深い眠りに落ちていなければ、彼女も溺死したかもしれない。首にできたおできを切除してもらうためそこに連れて行かれ、彼女は痛みを止めてくれると外科医が言った混合薬を飲んだのだ。そういうわけで、船が沈没したとき、彼女はそれを知らず、まだ殺されていない船員や乗客が逃げたとしても、それも知らなかった。覚えているのは、たった一人でハンモックの下の床に落ちて目がさめたことだけ。父親だった船長は、どこにもいなかった。

木挽きの家に来る前、ソローは一度も陸地で暮らしたことはない。いま、彼女が知っている唯一の家、つまり船について覚えていたことは、積み荷――何梱もの布、阿片の入ったチェスト、木箱入り弾薬、馬、糖蜜の樽――と同様、盗まれたような気がする。船長の痕跡さえおぼろだった。生存者と食べ物を探し、デッキからこぼれた糖蜜に指で触れて直接口に入れたあと、冷たい風や海の波の音に耳を傾けていた何度目かの夜のあとで、ツインがハンモックの下の彼女のところへやって来た。それ以来、二人はいっしょだった。二人は折れたマストを伝って降り、岩の多い海岸の散歩をはじめた。二人が死んだ魚の切れ端を食べたところ渇きが増したが、二つの屍体が波に揺れているのを見て渇きを忘れた。それが膨れあがって揺れていたので、二人は用心することも忘れて、ちょうど潮が満ちてきたとき岩間から潟湖《せきこ》まで渉《わた》っていった。すると、たちまち深い水のなかに押し流されてしまい、二人はできるだけ長く歩いたが、ついに冷たい水のせいで感覚が無くなった。今度は泳いだが、陸のほうではなく水平線のほうだった。しかし、非常な幸運に恵まれた。というのは、二人はまっすぐ岸辺へ、それからその先の川に流れこむ小潮のなかに入ったからだ。

ソローは裸で毛布にくるまれて目をさました。額には濡れて暖かい布が置いてある。製材した材木の匂いがむせかえるようだった。白髪の女が彼女を見つめている。

「ひどい有様ね」と、女は頭を横に振って言った。「あんたはとっても気味悪い有様をしてるわよ。でも、強いと思う。女の子にしては」彼女は毛布を難破人のあごまで引っ張りあげた。「服を見て、あんたは男の子だと思ったのよ。でも、死んではいないわ」

それはいいニュースだった。ソローはツインが藁布団の足もとに姿を現わし、にやにやしながら彼女の顔を両手ではさむまで、自分は死んだと思っていたからだ。慰められて、ソローは再び眠ったが、ツインがそばに寄り添ってくれるので、いまは安心して眠った。

翌朝、彼女は鋸の軋む音と前日よりさらに強い木片の匂いで目がさめた。木挽きの妻が男物のシャツと少年用の半ズボンを持って入ってきた。

「いまは、これで間に合せてもらわなきゃ」と彼女は言った。「もっとぴったりするものを、わたしが作ってあげなきゃいけないようね。村では借りられるものが何もないから。それに、しばらくの間、靴は全然ないのよ」

頭はぼうとして足もとはふらついたが、ソローは乾いた少年用の服を着、それから食べ物の匂いを追いかけた。ひとたび贅沢な朝食をお腹に入れると、いろんなことが言えるほど敏感になったが、思い出すことはできなかった。彼らが名前を訊いたとき、ツインが駄目！　とささやいたので、彼女は肩をすくめ、これは思い出せないもの、思い出せないふりをしたいものを伝えるのに便利な身振りだということを発見した。

どこに住んでるの？

船です。

ええ。でも、いつもじゃないでしょ？

いつもです。

あんたの家族はどこにいるの？

肩をすくめた。

他に誰が船の上にいたの？

カモメです。

どんな人っていう意味よ。

肩をすくめる。

船長は誰？

肩をすくめる。

さて、どういう風にして陸に来られたの？

人魚です。わたしが言うのはクジラってこと。

主婦が彼女にソローという名をつけたのは、そのときだった。次の日は、袋地のシフトドレスと清潔なキャップをくれた。キャップは、どうしようもないほどくしゃくしゃで、少々威圧感のある髪を包むためだ。そして、主婦はガチョウの番をしなさいと言いつけた。穀物の粒を投げてやって、鳥を集めてから水を飲ませ、よちよち外に出ていかないようにするのよ。ソローの裸の足は、気を滅入らせるような陸地の重力と戦った。その最初の日、彼女は池のそばでひっきりなしにつまずいたり、ころんだりしたので、二羽のガチョウの子が犬に襲われて大混乱に陥ったとき、もう一度群れを集めるのに永遠と思えるほどの時間がかかった。彼女はもう二、三日ガチョウの番をしたが、ついに主婦が両手を上げ、彼女を単純な掃除の仕事につけた。だが、どれも満足のいく結果にはならなかった。しかし、無能な召使いを叱りつけることには快感があり、そのほうが雑用を立派にやってもらった満足感よりはるかに大きかったので、主婦は掃除が行き届いてない部屋の隅や、勢いの悪い火、洗い方が不完全な鍋、いい加減な草むしりしかしてない庭の小道、毛のむしり方がなってない小鳥を見つけては、喜び勇んで叱りつけた。ソローが精神を集中するのは食事のときと、それから仕事の合間の遊び時間や仕事の最中でも、ツインと短時間散歩するため逃げ出す技術に習熟するときだった。ときどきツイン以外の秘密の仲間ができたが、ツインほど楽しくはなかった。ツインは彼女の安全装置、娯楽、ガイドだったから。

主婦は彼女に、それは月経と言って女性ならみんなが経験するものよ、と言った。ソローは翌月と翌々月までは彼女の言ったことを信じたが、その次の月になると信じるのを止めた。それはめぐって来なかったからだ。ツインとソローはその件について、主婦が言ったこととは違い、積み重なった羽目板の後ろで兄弟二人といっしょにやったことの結果なのかどうか、話しあった。痛みは主婦が普通だと言った両脚の間の内側ではなく、外側にあったからだ。家内がもうあの娘を家には置けないと言っているので、彼女を連れていってくれと木挽きがサーに頼んだときも、痛みはまだ残っていた。

サーは訊いた。「彼女はどこにいる?」ソローは製材所に呼び出された。

「いくつだね?」

木挽きが頭を横に振ると、ソローが声をあげた。「いまじゃ十一歳だと思うけど」

サーがうなった。

「名前は気にせんでください」と木挽きは言った。「好きな名前をつければようがす。家内は捨てられた子だからソロー(悲しみ)という名をつけたんです。見りゃわかると思うけど、少し混血のようですな。それがどうであれ、あの子は苦情を言わないで働きますよ」

彼が話しているとき、その顔に片笑いが浮かんだのをソローは見た。

彼女はサーの鞍の後ろに乗って、途中一度休んだだけで何マイルも馬で進んだ。馬にまたがるのははじめてだったので、皮膚が擦れて痛く、涙が出た。揺れ、突き上げ、サーのコートにしがみついていたが、ついに彼女はコートの上に吐いた。それで、彼は手綱を引いて馬を止め、彼女を抱き下ろして休ませ、その間フキタンポポの葉でコートを拭いた。勧められてソローは袋に入った彼の水を飲んだが、一口飲んだとたん胃の残存物といっしょに噴き出した。「ソローだな、本当に」とサーはつぶやいた。

農場の近くに来たとき、彼が馬から下ろしてくれ、残りの道は歩いて行けるようになったのでソローは感謝した。彼は数ファーロング(約二百メートル)行くたびに振り向いて、彼女がころんだり、また具合が悪くなったりしていないか確かめた。

農場がちらと見えたとき、ツインはほほえみ、両手を叩いた。サーの後ろに乗って小道を進んでいく間、ソローは痛みと同様嘔吐感に苦しんでいなかったら、いまよりさらに深くおびえて周囲を眺めたことだろう。黒い船のマストのようにそそり立つベイツガが何マイルも続き、それが切れると、大聖堂より高く馬ほども厚い濃紫色の松が長く続いて、頭上に蔭を落としている。どんなに努力しても、一度もその天辺を見ることはできなかった。彼女が知っているかぎりでは、その天辺は空を切り開いているはずだった。ときどき皮衣を着た図体の大きい人影が木々の間に立って、彼らが通り過ぎるのを見守った。一度ワピチが彼らの道を横切ったとき、サーは四回馬の向きを変えて道を外れてから、再び前進しなければならなかった。そういうわけで、彼女はサーの馬の後ろについて燦々と陽光が降り注ぐ空き地に入り、アヒルの鳴き声を聞いたとき、彼女もツインもこれまで一度も経験したことがないほど安心した。主婦とは違い、マダムもリナも小さくて真っすぐな鼻をしており、マダムの肌は卵の白身のようで、リナの肌は褐色の卵の殻のようだった。彼女のキャップの下に隠れていた小枝や藁しべが心配だっただけでなく、リナはシラミを恐れていた。シラミはダニやノミや体に寄生する他のものと同じように危険より厄介なものだと考えていたソローは、リナの恐怖にびっくりした。リナは違う考え方をしていた。そして、髪を洗ってやったあと、少女の体を二度ごしごし洗ってから、ようやく家のなかに入れた。それから、頭を大きく横に振って、塩入りの袋を渡して歯を磨かせた。

サーはパトリシアンの手を取って、夜はソローを家から出さないことにすると宣言した。マダムが理由を訊くと、「夜、さまよう癖があるらしいから」と言った。

その冷たい最初の夜、暖炉に近い莫蓙の上で、ソローは歯ぎしりをしながら眠っては目覚め、また眠っては目覚めた。波の上を歩く何千人もの男たちの有様を描いたり、言葉のない歌を歌ったりするツインの声にたえず慰められて。彼らの歯が足の下の白波よりどんなに輝いていたか。空が暗くなり月が昇るにつれて、夜のように黒い彼らの肌の端がどういう風に銀色に変わったか。肥沃なローム質の陸地の匂いが、いかに乗組員の目を輝かせ、海上を歩いていた人々を泣かせたか。ツインの声と、リナが下半身に塗ってくれた動物の脂に慰められて、ソローはこの数カ月ではじめての安らかな眠りに落ちた。

それでいて、あの最初の朝、彼女は朝食を呑みこむが早いか戻してしまった。マダムは彼女に西洋鋸草《のこぎりそう》のお茶を与え、菜園の仕事を当てがった。遅採りのカブを地中から掘り出していたとき、彼女はサーが遠い畑で岩を破砕している音を聞くことができた。パトリシアンは庭の端にしゃがんで、黄リンゴを食べながら、彼女を見ていた。ソローが手を振ると、パトリシアンもお返しに手を振った。すると、リナが姿を現わし、大急ぎで少女を連れ去った。そのとき以来、ソローにはわからなくともツインには、この家を支配しているのはリナであり、サーやマダムが決めていないことはすべて彼女が決定を下すということが明らかになった。彼女の姿がどこにも見えないときでさえ、彼女の目はいたるところにあった。彼女は雄鶏が鳴く前に起きて、暗いうちに家に入り、モカシン靴の先で眠っているソローに触れ、燠《おき》の火が再び強くなるまであたりに居残った。かごを調べ、壺の蓋を取ってなかをのぞいた。貯えのチェックをしているのだとソローは考えたが、ツインは、いいえ、違う、あんたが食べ物を盗んでないか調べてるのよ、と言った。

リナは、彼女にはほとんどしゃべらなかった。「おはよう」とさえ言わず、言わねばならないことの中身が緊急の場合だけ口を開いた。したがって、ソローに妊娠を告げたのはリナだった。リナはソローの手からキビのかごを取り、彼女の目をじっと見つめて、こう言った。「あんたは、子供を身ごもっているのがわかってるの？」

ソローのあごが下がった。それから、本当の人間、彼女自身のものである人間が、自分のなかで成長していることを考えると嬉しくなって、顔を赤くした。

「どうすればいいの？」

リナはただ彼女をじっと見つめただけで、かごを腰に乗せると歩き去った。マダムは知っていたとしても、何も言わなかった。たぶんマダム自身も妊娠していたためだろう。ソローのお産は早すぎて、赤ん坊は生きられなかったのだと、リナは彼女に言った。しかし、マダムは太った赤ん坊を産んで、みんなを大喜びさせた――だが、とにかく六カ月の間だけだった。彼らは、家の後ろの丘の麓の兄といっしょのところに彼を埋葬して、祈りを捧げた。ソローは新しく生まれた自分の子があくびをするのを見たと思ったが、リナはその子を袋地の布に包み、ビーヴァーが作ったダムのはるか下流の、川のいちばん広い部分に流した。名前はなかった。ソローは泣いたが、ツインは泣くな、と言った。「わたしはいつもあんたといっしょよ」と彼女は言った。それはある程度慰めにはなったが、自分の赤ん坊がリナの手のひらの下で水を吸いこんでいるという、ソローのいつもの想いが表面に出なくなるまでには何年もかかった。話し相手がいなかったので、彼女はますますツインに頼るようになった。ツインといっしょにいれば、友情や会話がほしいとは全然思わなかった。たとえ彼らがソローを家のなかで眠らせても、聞かねばならない物語があったし、彼女たち二人は昼間の間、そっといっしょに散歩に出かけたり、森のなかでふざけあったりすることができた。助祭様がくれたサクランボや胡桃もあった。だが、彼女は黙っていなければならなかった。一度、助祭様は彼女にネッカチーフを持ってきてくれたが、そのような綺麗な装飾品はリナの怒りをかき立てるし、マダムに警戒心を抱かせてはいけないことがわかっていたので、彼女はそれに石を詰めて川に投げこんだ。マダムの赤ちゃん坊やのもう一人も死んだが、パトリシアンは健康だった。しばらくの間、男の子たちが死んだのはソローのせいではないことをリナは納得したように見えたが、馬がパトリシアンの頭蓋骨を割ると、意見を変えた。

それから、フロレンスが来た。

それから、鍛冶屋が来た。二度ばかり。

あのきびしい冬、フロレンスが到着したとき、ソローは新来者に会うのが嬉しく、好奇心も手伝って、ほほえみ、その小さい女の子の太い編み髪の一方にちょっと触れてみようと一歩踏み出した。だが、ツインがソローの顔のすぐそばに身を寄せて彼女を止め、「止めて！　止めて！」と叫んだ。ソローはツインの嫉妬心を認めて、彼女の顔を振り払ったが、少し遅れた。リナは自分のショールを脱いで、それで子供の肩を包み、彼女を抱きあげて雌牛小屋に運んでいった。その後、女の子はリナのものになった。二人はいっしょに眠り、いっしょに水浴し、いっしょに食べた。リナは彼女に服を作ってやり、ウサギの皮で小さな靴も作ってやった。だが、ソローが近くに来ると、いつも「おでき屋」と言うか、即刻やらねばならない何かの仕事を言いつけて、追い出した。その間中、目に不信の念を光らせて、他のみんなも同じように感じていることをはっきりさせた。サーがソローを家のなかで眠らせることにしたとき、リナの目がどういう風に細くなって光ったか、ソローはよく覚えている。また、リナはソローのお産を助けてくれたが、ソローは毎日毎晩、自分の赤ん坊がありとあらゆる世界の小川のなかで水を吸いこんでいるのを決して忘れなかった。ソローはパトリシアンから遠ざけられたのと同じほど、新しい女の子からも遠く引き離されたので、その後はいつもと同じようにふるまった――つまり、ツイン以外は誰に対しても、平静な無関心を示したのだ。

何年もあとになって鍛冶屋が来たとき、そこの状況が変わったのだ。永久に。ツインは真っ先にそれに気づき、リナは鍛冶屋を恐れていて、彼のことをマダムに警告しようとしてるけど、警告しても無駄よ、と言った。マダムはそんなことには全然注意を払わなかったからだ。守られているという感じが、ただただ嬉しかったのだ。サーはもう旅に出ようとはしなかった。彼はいつも家にいて、新築の家に関する仕事をしていた。配達の差配をしたり、角から角まで紐を張ったり、門の意匠について鍛冶屋と親しく話したり。リナは恐れ、マダムは満足のあまりハミングし、サーは上機嫌だった。もちろん、いちばんうわの空だったのはフロレンスだ。

ソローもツインも鍛冶屋をどう考えればいいのか、正確な結論には達していなかった。彼は自分の影響には気づかず、完璧であるように思われた。彼は本当に、リナが彼のうちに見たような危険人物だったのか。あるいは、彼女の恐れは単なる嫉妬にすぎなかったのか。彼はサーの完璧な建築上のパートナーだったのか。あるいは、フロレンスの行動を開放的なものからひそやかなものに変えた呪いだったのか。小川からバケツ一杯の水を運んで帰ってきたソローが、建築場所の近くでいきなり倒れ、高熱を発して震えていたとき、彼女たちはまだ、心を決めていなかった。鍛冶屋がちょうどそこにいて、彼女が倒れるところを見たのは掛け値なしの幸運だった。鍛冶屋はソローを抱き上げ、自分の藁布団の上に横たえた。ソローの顔と腕にはみみずばれができかけている。鍛冶屋はソローの首のおできに触れ、それから大声をあげた。サーがドアの入り口から顔を出し、フロレンスが走ってきた。マダムも到着し、鍛冶屋は酢を持ってきてくれと言った。リナがそれを取りに行き、酢が来ると、彼はソローのおできと彼女の顔や腕に酢をぶっかけた。彼女は痛みのため痙攣した。女たちがあえぎ、サーがしかめ面をしている間、鍛冶屋はナイフを熱してから、腫物の一つを切開した。彼が流れ出たソロー自身の血を彼女の唇の間に注ぎこむ間、一同は黙ってそれを眺めていた。彼らはみんな、彼女を家のなかに入れないほうがいいと考えたので、ソローは昼も夜もずっと、汗だくになりながらハンモックに寝ていた。食物も水も許されず、女たちが交替で彼女を団扇で扇いでやった。女たちの団扇から来るたえまない微風が、帆走風と舵柄に手をかけた船長を呼び起こした。彼女は彼の姿が見える前に、その声を聞いた。笑っている。大声で。しわがれた声で。違う。笑っているのではない。叫んでいるのだ。他の人たちといっしょに。声のピッチが高くなったり低くなったりする。叫び声は遠く、彼女を取り巻く白雲の反対側から聞こえてくるような気がした。馬もいた。かっかっと鳴るひづめの音。下の船倉から解放されたのだ。穀物の袋を飛び越え、桶を蹴る。ついに桶板が割れ、厚くて甘く黒いものが流れ出た。それでもなお彼女は動くことができないし、雲を裂いて出ることもできない。押して、押して、彼女は床に倒れるが、その間雲は彼女全体を包んで息を詰まらせ、あの叫び声はカモメのものだったと確信させる。彼女が正気に帰ると、彼女自身の目、自分の体の形と色が彼女を歓迎してくれた。ふわふわした雲は、いまでは単なる糸のように細くなって消え失せた。

「わたし、ここにいるわ」正確に彼女自身と同じ顔をした少女が言った。「わたし、いつもここよ」

ツインといっしょなら、彼女は前ほど怖くなくなり、二人は傾いて沈黙した船を探険しはじめた。ゆっくり、ゆっくり。ここをのぞき、あそこで耳を澄ましたが、何も見つからなかった。ボンネット一つと刑罰用なわむちの残骸をつついているカモメのほかは。

揺れる団扇の下で汗びっしょりになって、船上では来る日も来る日も凍るように寒かったことをソローは思い出した。氷のような風のほか動くものはない。船尾は海、前方は石と雑木林の崖下にある岩がちの海岸だった。ソローは一度も陸地を踏んだことがなかったので、船を降りて岸辺に行くのが怖かった。羊にとっての大洋と同じように、陸地は彼女にとって外《と》つ国だった。だが、ツインが陸地行きを可能にしてくれた。二人が船から降りると、大地——意地悪で、堅くて、厚くて、憎むべきもの——が彼女に衝撃を与えた。彼女を船の上に置こうとした船長の選択を理解したのは、そのときだった。彼は彼女を娘としてではなく、将来の乗組員として育ててきた。汚れて、ズボンをはき、荒っぽいと同時に従順で、唯一の重要な技術、つまり帆布につぎを当てて縫う技を身につけていた。

マダムとリナは、無理にでもソローに食べさせ、かつ飲ませるべきかどうかについて、鍛冶屋と喧嘩した。しかし、何も食べさせないほうがいいと主張して、彼が主導権を握った。あの熱したナイフと、血を薬として飲ませたことで金縛りになって、彼女たちは鍛冶屋に譲歩し、団扇で扇ぐことと、おできに酢をかけることだけにしたのだ。三日目の暮れ方、熱が下がって、ソローは水をくれと言った。彼女が乾いたへボ南瓜の瓢から水をすすっている間、鍛冶屋は彼女の頭を抱いていた。ソローが目を上げると、ハンモックの上の小枝にすわって微笑しているツインが見えた。まもなく、ソローはお腹がすいたと言った。鍛冶屋の注意とフロレンスの看病により、少しずつおできは小さくなり、みみずばれは消えて、力が戻ってきた。いま彼らの判断ははっきりしている。つまり、鍛冶屋は救い主だということだ。しかし、リナは本当にみっともないほどフロレンスを患者と鍛冶屋から遠ざけておこうと努力した。むかし子供のとき、この病気を見たことがあるわ、この病気はカビのように広がってみんなに感染《うつ》るのよ、とつぶやきながら。しかし、フロレンスの件では、リナは敗けた。ソローが回復する頃には、フロレンスは別の病気に冒されていたからだ。こちらの病気のほうがより長く続き、もっと致命的なものになった。

ソローがはじめて鍛冶屋とフロレンスが互いに絡みあっているのを見たのは、森の端の牧場に横たわって、ツインからお気にいりの話を聞いていたときだった。その話というのは、真珠の目と暗緑色の海藻の髪をした魚の少女たちの学校で、少女たちがクジラの軍団の背に乗って、お互いに競争するというものだった。ツインがちょうど、海鳥が艦隊の後ろに流星のようにたなびく泡に興奮して競争に加わろうとしていた、という部分にさしかかったとき、ソローは一本の指を唇に当て、もう一方で二人を指し示した。ツインは話を止めて、見た。鍛冶屋とフロレンスが揺れている。だがフロレンスは、さかりのついた家畜の雌とは違って、突き上げてくる男の重みの下で静かに立っているわけではなかった。ソローが彼方のヒッコリの木の下の草叢に見たのは、ソローが知っていたような木材の山の蔭でのゆったりした営みに対する沈黙した服従や、教会の座席での大急ぎの行為ではなかった。ここにいる女性は体を伸ばし、踵で蹴りつけ、頭を左右前後にはげしく動かしている。それはダンスだった。フロレンスはころがり、仰向けから馬乗りの形に身をよじる。彼はヒッコリの木をめがけて彼女を投げ上げ、彼女は彼の肩に頭を埋めた。ダンスだ。いまの瞬間は水平に、次の瞬間は垂直になった。

ソローはそれが終わるまで観察した。ついに彼らは疲れきった老人のようによろけながら服を着た。鍛冶屋がフロレンスの髪をつかみ、ぐいと彼女の頭を後ろに引いて唇を重ねたとき、すべてが終わった。それから、それぞれ違う方向に歩き去った。これを見て、ソローは吃驚《びっくり》した。ソローが知っていたすべての行為のなかで、これまで誰も彼女の口にキスした人はいなかったからだ。一度も。

ひとたびサーが埋葬されてマダムが病気で倒れると、鍛冶屋を迎えに行くのが自然だった。そして、彼は来た。独りで。彼はしばらく大きな新しい家をじっと見つめてから馬を降りた。そのあと、ソローの腹をちらと見てから、手綱を渡す前に彼女の目を見た。それからリナのほうを向いて、言った。

「彼女のもとに連れていってくれ」

ソローは重い体が許すかぎりすばやく馬を繋いでから、急いで帰ってきた。そして、三人は家に入った。鍛冶屋は立ち止まり、匂いに気づいて、ヨモギのシチューと、リナが醸造した他のものが少々入った鍋をのぞきこんだ。

「彼女はいつからベッドに寝てるのかね？」

「五日間よ」とリナが答えた。

彼はのどを鳴らしてから、マダムの寝室に入った。リナとソローは、戸口から彼が病人のベッドのそばにしゃがむのを見守った。

「来てくださって、ありがとう」とマダムはささやいた。「わたしの血を飲ませてちょうだい。もう残っちゃいないと思うけど。汚れていない血は全然ないわ」

彼はほほえんで、彼女の顔をなでた。

「わたし、死にかけてるの？」と彼女は訊いた。

彼は頭を横に振った。「いいえ。死んだのは病気のほうで、あなたではない」

マダムは目を閉じた。再び目を開いたとき、それは潤んでいて、彼女は包帯を巻いた手の甲で涙を拭いた。彼女は何度も何度も彼に礼を言い、それからリナに何か食べるものを用意してあげるよう言いつけた。彼が部屋を出ると、リナがあとに従った。ソローも従ったが、その前にこれを最後と振り返って見た。ちょうどそのとき、マダムがシーツを撥ねのけ、ベッドから降りてひざまずくのが見えた。ソローは、マダムが歯を使って両手を包んでいた布をゆるめ、それから両掌を合わせるのを見守った。そのあと、ふだんは入室を禁じられている部屋をちらと見まわし、湿った枕の上に髪の毛の塊がくっついているのを見、夜着のヘムから突き出たマダムの青白い足の平がなんと頼りなく見えるかに気がついた。ひざまずき頭を垂れたマダムは、この世でまったくの独りぼっちであるように思われた。召使いはいかに大勢いようと、この状況は全然変わらないことを、ソローは理解した。どういうわけか召使いの世話や献身は、マダムには全然重要ではないようだった。だから、マダムには誰もいなかった——まったく誰も。彼女がささやきかけているたった一人のお方を除いては。「主よ、わたしに示してくださった救いの恩寵に対して、心からお礼申し上げます」

ソローは抜き足差し足でそこを出て、裏庭に入った。そこでは、松の香がする大気が、病室の悪臭を消してくれた。どこかでキツツキが木をつついている。野ウサギが二十日大根の畑に跳びこんだとき、ソローはそれを追い出そうと思ったが、体の重さに疲れきって、追うのを止めた。その代わりに、家の蔭の草の上にすわって、突き出た腹のなかの動くものをさすった。すると、頭上の台所の窓を通して、鍛冶屋が食べている間、ナイフが鳴る音や、カップや皿を動かす音が聞こえた。リナもそこにいることはわかっていたが、床をこする椅子の音で鍛冶屋が立ち上がったことがわかるまで、リナは一言も発しなかった。そのとき彼女は、マダムが尋ねなかった質問をした。

「彼女はどこにいるんです？　元気なんですか」

「もちろんだ」

「あの子はいつ帰ってくるんです？　誰が彼女を連れ帰ってくれるんですか」

リナにとっては長すぎる沈黙。

「もう四日になるんですよ。あんたは彼女の意に反してあの子を引き留めてはおけないわ」

「どうしておれが引き留めるんだね？」

「では、どうなの？　ちゃんと話して！」

「彼女の都合がいいときに、帰ってくるさ」

沈黙。

「今晩泊まっていかれますか」

「一部はね。食事をどうもありがとう」

そう言って彼は出ていった。ソローのそばを通るとき、彼は彼女の微笑にほほえみ返し、大股で丘を登って新しい家に行った。そこで、彼はゆっくりと鉄細工製品を、ここでは曲線をあそこでは接合部をという風に撫で、メッキの部分は剥落がないかどうか調べた。それからサーの墓に行き、帽子を脱いでその前に立った。しばらくしてから、からっぽの家に入り、背後のドアを閉めた。

彼は夜明けを待たなかった。ソローは居心地が悪く、眠れなかったので、戸口に立って、鍛冶屋が小馬のように晴れやかに明るく、夜明け前の闇のなかを馬で立ち去るのを見守った。しかし、まもなくリナは絶望を抱いたままであることが明らかになった。彼女を苦しめている疑問がその目に宿っている。本当はフロレンスの身に何が起こっているのか。彼女は帰ってくるのか。鍛冶屋は真実を言っているのだろうか。ソローは、彼の親切と治療能力にもかかわらず、彼についての自分の考えが間違っていて、これまでずっとリナのほうが正しかったのだろうかと考えた。新しく子を持つ母親が自慢する深い洞察力が湧いてきて、これは怪しいぞ、とソローは考えた。彼は酢と彼女自身の血で生命を救ってくれた。また、ただちにマダムの症状を理解し、傷痕を少なくするためにはどの解擬薬を処方すればいいかがわかった。リナはただ自分とフロレンスの間に入ってくる人は誰でも疑ってかかるのだ。マダムの新しい要求を満たすことと、フロレンスがいまにも帰ってくるのではないかと道を仔細に眺めたい気持ちの両方に挟まれて、リナには他のことをする時間もなければ、その気もない。ソロー自身はかがめなかったものの、荒い息使いをしなくても重い物を持ち上げたり、百ヤード歩いたりすることはできたので、農場に起こりつつある状況に対しては同じように責任があった。山羊は村の裏庭からさまよい出て、新しく植え付けをした両方の庭を根こそぎにしたし、みんなが蓋をするのを忘れたので、何層にもなった昆虫が水槽に漂っている。湿った洗濯物をあんまり長い間かごのなかに放置したので、カビが生えはじめたが、二人のどちらも小川に行ってそれを洗い直そうとはしなかった。すべてが混乱をきわめていた。

気候は暖かくなりかけており、隣人の雄牛が来ることになっていたのが取り消されたため、どの雌牛も子を産まなかった。何エーカーもの畑は鋤き返す必要があり、ミルクは鍋のなかで酸敗して固まった。狐は気が向けばいつでも雌鶏のいる裏庭に侵入することができ、ネズミが卵を食べた。マダムは農場が陥りかけている窮状がわかるほど早くは回復しなかった。そして、沈黙した役馬のリナはペットがいなければ、食事を摂ることを含め、あらゆることに対する興味を失っているように見えた。十日間怠けると、いたるところで崩壊がはじまる。そういうわけで、ソローが破水して恐慌状態に陥ったのは、五月の涼しい日の静かな午後、最近天然痘に襲われて、ほったらかしになった農場でのことだった。マダムはまだ彼女を手助けしてやれるほど快くなってはいなかったし、子供のあくびのことを考えると、リナは信用できなかった。村に入ることは禁じられていたので、彼女に選択の余地はない。ツインは不在だったし、ソローがなすべきことや行くべきところについて相談しようとすると、奇妙なほど沈黙するか、敵意を示すのだった。

最初の陣痛が始まったとき、ウィルとスカリがいつものように魚釣り筏に陣取っていますように、というかすかな希望を抱いて、ソローは毛布とナイフを持って川堤へ行った。そこに独りで留まり、そうしなければいられないときは歯ぎしりをし、陣痛と陣痛の間に眠った。ついに、体と息がはげしく引き裂かれるような次の発作が来た。何時間か、何分か、何日か——男たちが彼女のうめき声を聞き、棹をついて筏を川岸まで進めてくるまで、どのくらいの時間が経ったのか、ソローにはわからなかった。彼らはどんな動物でも子を産もうとしている場合はすぐわかるように、ただちにソローの状態を理解した。少々不器用だったが、新しく生まれてくる子を生かすことに目標を定め、彼らは仕事に取りかかった。水のなかにひざまで浸かり、ソローが押すと彼らは引っぱり、彼女の両脚の間にはまりこんで動かない小さな形のものをまわしたり緩めたりした。血が流れ、もっと多くの血が渦を巻いて川に流れこみ、若いタラを引き寄せる。女の子の赤ん坊が小さな産声を上げると、スカリはナイフで臍の緒を切り、それから赤ん坊を母親に渡した。すると、母親が赤ん坊を水で洗い、その口と耳と焦点の定まらぬ目を拭いてやる。男たちは互いに祝福しあい、母子を農場まで運んであげようと申し出た。ソローは一息ごとに「ありがとう」と繰り返したが、申し出は辞退した。彼女はしばらく休んでから、自分で帰りたかったのだ。ウィラードは笑いながら、スカリの後ろ頭を叩いた。

「本当にすてきな産婆ぶりだったな」

「当たり前さ」とスカリは答え、二人は筏のほうへ水のなかを渉っていった。

後産が出たあと、ソローは赤ん坊を毛布で包み、何時間かうつらうつらした。だが、日没前のあるとき、泣き声で目をさまし、乳が出るまで乳房をもみほぐした。これまでの生涯の間、彼女は男たち——船長、木挽きの息子たち、サー、いまはウィルとスカリ——に救われてきたが、今日は独りで何か、何か重要なことを成し遂げたという確信が湧いてきた。彼女は娘に全神経を集中していたので、ツインがいないことにはほとんど気づかなかった。だが、ただちに娘にどんな名前をつければいいかがわかった。それに、自分の名も。

二日がめぐってきて、去った。リナはソローに対する嫌悪感とフロレンスに対する心配をおだやかな仮面の下に隠した。マダムは赤ん坊については何も言わなかったが、聖書を持ってこさせ、どんな人も新しい家に入ることを禁止した。ある時点で、ソローは母親としての新しい身分ができて自信がついたので、大胆にもマダムにこう言った。「マダムが死にかけていたとき、鍛冶屋が助けに来てくれてよかったですね」マダムは彼女をじっと見つめた。

「馬鹿者」と彼女は答えた。「神様だけが癒してくださるのよ。どんな人間にもそんな力はないわ」

女たちの間には、いつも縺れた糸があった。いま、その糸が切れた。一人一人の女が他の女との交流を止め、他の誰にもわからない自分一人の想いの布を紡いだ。あたかもフロレンスがいようがいまいが、女たちが互いに離れ離れになりかけているようだった。

ツインはいなくなり、追跡するすべもなく、彼女を知っていた唯一の人間もその不在を悲しまなかった。ソローのさすらい癖は止んだ。いま彼女は赤ん坊の必要性のまわりに毎日の日課を組み立てて仕事をするようになったが、他の人たちがいかに苦情を言おうと意に介さなかった。彼女は娘の目をのぞきこみ、そのなかに、船首が風下に落ちて逆帆になった船が航行するときの、冬の海の灰色のきらめきを見た。「わたしがお前の母さんよ」と彼女は言った。「わたしの名はコンプリート（完璧）」

あなたのもとへ行くわたしの旅はつらく、長いが、あなたが住んでいる小さな小屋、裏庭、鍛冶工場を見たとたん、その苦しみは消える。この世ではあなたの歓迎の微笑を見ること、両腕でわたしを抱くときのあなたの肩の甘さを味わうことは二度とないかもしれないという恐怖はなくなる。火と灰の匂いでわたしは震えるが、あなたの目に宿る歓びがわたしのハートに火をつける。あなたは、どういう風に、どのくらいかかったか、と訊き、わたしの服と、いたるところにできた擦り傷を笑う。でも、わたしがあなたの「なぜ」に答えると、あなたは顔をしかめる。わたしたちは取り決めをする。あなたがやって、わたしが同意する。他のやり方はないからだ。あなたはすぐマダムのもとへ馬を駆るが、独りだ。お前はここで待て、とあなたは言う。わたしはいっしょに行けない。わたしがいないほうが早く行けるからだ。別の理由もある、とあなたは言う。あなたは頭をめぐらせる。わたしの目はあなたの視線を追う。

こういうことは、前に二度起こる。最初のとき、母さんの服の後ろからのぞいているのはわたし。母さんの手を取りたいのに、それは母さんの小さな男の子だけのもの。二度目は指差して悲鳴をあげる小さな少女。つまり、母親の後ろに隠れ、母親のスカートにしがみついている少女。どちらのときも危険がいっぱいで、わたしは追放される。いまわたしは、小さな少年が入ってくるのを見る。トウモロコシの皮で作った人形を抱いて。彼は、わたしが知ってる誰よりも若い。あなたは人差し指を彼のほうに差し出し、彼はそれを握る。これが、お前といっしょに行けない理由だ、とあなたは言う。あなたがマライクと呼ぶ子供を独りで残してはいけないからだ、と。彼は捨て子で、父親は手綱の上に倒れこみ、馬は進み続けたが、ついに止まって道端の草を食べはじめる。村の人々が来て、彼が死んでいることを知り、荷車のなかに静かにすわっている少年を見いだす。死んだ男が誰なのか知ってる人はなく、持ち物のなかにもそれを語るものはない。あなたは彼を受け入れる。将来いつか、町民か治安判事が彼の身柄を特定するまで。だが、そういう日は絶対に来ないかもしれない。死んだ男の肌はバラ色だが、少年の肌は違うからだ。だから、たぶん息子じゃないのだろう。あなたは彼を自分の息子にしたいのだろうかと思うと、わたしの口は乾いてくる。

少年があなたにいっそう近づくので、わたしは気が気ではない。あなたがどういう風に人差し指を差し出し、彼がどういう風にそれをわがものにしたか。まるで彼があなたの未来であるかのように。わたしではなく。庭で遊べとあなたが彼を部屋から出すときの、彼の目の動きがきらい。でもあなたはわたしの顔や腕から旅の汚れを洗い落として、シチューをくれる。塩気が足りないけど。ウサギの肉は厚くて柔らかい。わたしの飢えははげしいが、幸せのほうが大きい。わたしは少ししか食べられない。わたしたちはたくさんのことを話すが、わたしは自分が考えていることは口にしない。わたしはここに留まるということを。あなたがマダムの治療から戻ってきたら、マダムが生きているかどうかには関わりなく、わたしはここに、いつまでもあなたといるということを。あなたなしでは、絶対に、絶対にいや。わたしはここから追い出される人間じゃない。わたしが小さいからって、わたしが暖を取るものや靴を誰にも盗ませない。誰にもお尻を触らせない。わたしが怖さと弱さで倒れたからって、誰にも羊や山羊のような鳴き声はあげさせない。わたしの姿を見て、誰にも金切り声をあげさせない。わたしの体がどんなに見苦しいか、誰にもわたしの体を見させない。あなたといっしょにいると、わたしの体は歓び、安全、あなたのものになる。どうしても、あなたを抱かないではいられない。わたしを抱いて。

あなたが去ってもわたしはおだやか。あなたは親しくわたしに触れないけれど。また、あなたの口をわたしの口に重ねないけど。あなたは馬に鞍を置き、豆の芽に水をやり、卵を集めろとわたしに頼む。わたしはそこに行ってみるが、雌鶏は何も生んでいない。だからわたしにはミーニャ・マンイがまもなく来ることがわかる。マライク少年は近くにいる。彼はあなたが眠る部屋のドアの後ろで眠る。わたしはおだやかで、静か。あなたがすぐここへ帰ってくるとわかっているから。わたしはサーのブーツを脱ぎ、あなたの火の匂いを捉えようとあなたの寝台に横たわる。星の光の断片がシャッターから射しこむ。ミーニャ・マンイがわたしの靴をポケットに入れ、小さな男の子の手を握ってドアに寄りかかっている。いつものようにわたしに何か言おうとしているが、わたしは出ていってと言う。彼女の姿が消えると、小さな軋む音が聞こえる。闇のなかで、わたしには彼がそこにいるとわかる。大きな目はいぶかっていて冷たい。わたしは身を起こして彼のところに行き、何の用かと訊く。どうしたの、マライク、どうしたの？　彼は黙っているが、目のなかの憎しみは明らか。わたしに出て行ってほしいのだ。それは無理。わたしは体のなかが鷲掴みにされたような感じがする。この追放は二度と再び起こるはずはない。

　わたしは、わたしに夢を見させる夢を夢見る。わたしはクローバーが花を開きかけている柔らかい草の上にひざまずいている。甘い香りがたちこめていて、わたしはそれを捉えようと深くかがむ。だが、香りは逃げ、自分が湖の端にいることに気づく。湖の青は空より青く、わたしがこれまで見たどの青よりも青い。リナのビーズよりも、チコリの頭よりも青い。その青が大好きで、自分が抑えられない。そこに深く顔を埋めたい。そうしたい。だが、わたしをためらわせ、わたしのほしい美しい青を取らせないものは何か。わたしはあえてそこに近づき、かがみこみ、バランスを取ろうと草をつかむ。つやつやして、長く、濡れている草を。すぐ怖くなる。わたしの顔がそこに見えないからだ。わたしの顔があるべきところには何もない。わたしは指を水のなかに入れて、水の輪ができるのを眺める。その水を飲んだりキスしたりできるほど近くに口を持っていくが、わたしはそこの影ですらない。どこに隠れているのだろう？　なぜ？　まもなく娘のジェインがわたしのそばにひざまずく。彼女も水のなかを見る。おお、大事な人《プレシャス》、いらいらしないで。すぐに見つかるわよ、と彼女は言っている。どこに？　とわたしは訊く。どこにわたしの顔はあるの？　でも、彼女はもうそばにはいない。わたしが目覚めると、ミーニャ・マンイがあなたの寝台のそばに立っており、このとき赤ちゃん坊やはマライクに変わっている。彼が彼女の手を取っている。彼女はわたしに向かって唇を動かすが、その手はマライクの手を握っている。わたしはあなたの毛布のなかに頭を隠す。

あなたが帰ってくることはわかっている。でも、朝は帰ってくるのに、あなたは帰ってこない。一日中。マライクとわたしは待つ。彼はできるだけわたしから遠いところにいる。わたしは家のなか。ときどき庭に出るが、彼のいる小道には絶対に行かない。わたしは静かにしているが、どうすればいいのかわからず、心のなかはわやわやだ。遠くの誰かの牧場で馬が動いている。小馬は爪先立ちで、どうしても動かずにはいられない。どうしても動かずには。わたしは暗すぎて見えなくなるまで、それを見つめている。その夜、夢は訪れない。ミーニャ・マンイも訪ねてはこない。わたしはあなたが眠るところに横たわっている。吹く風の音に混じって、自分の心臓の鼓動が聞こえる。風より大きな音だ。あなたの火の匂いが藁布団から消えかけている。あの匂いはどこに行くのだろうとわたしは考える。風は静まる。わたしの心臓の音が、ハツカネズミの足音に加わる。

朝、少年はここにいないけれど、わたしはわたしたち二人分のお粥を作る。またしても彼はトウモロコシの皮人形をしっかり抱いて小道に立ち、あなたが馬で出かけた方角を眺めている。彼の姿を見ていると、突然わたしはイーリング未亡人の薬缶から立ちのぼる犬の横顔を思い出す。あのときわたしにはその完全な意味が読めなかったが、いまは読み方がわかる。わたしは用心する。でなければ、身の守り方についての理解を誤るからだ。第一に、わたしはサーのブーツがなくなっていることに気づく。わたしは周囲を見まわし、柔らかい足を痛くしながら、小屋、鍛冶場、消し炭のなかまで歩く。金属のかけらが足に刻み目をつけて食いこむ。目をやると、とぐろを巻いた庭蛇が敷居のほうへ這っていくのが見える。わたしは蛇が太陽の下で死ぬまで、ゆっくりしたその這い方を見守る。わたしはあなたの鉄床《かなとこ》に触れてみる。それは冷たく、なめらかに磨いてあるが、生きる目的の熱の歌を歌っている。サーのブーツはどうしても見つからない。注意深く、爪先たちでわたしは小屋に帰って待つ。

少年は小道を離れ、小屋に入ってくるが、食べもしなければ口も利かない。わたしたちはテーブル越しににらみあう。彼はまばたきをしない。わたしもしない。彼がわたしのものなのにサーのブーツを盗んだことを、わたしは知っている。彼の指は人形にしがみついている。彼の力の根源は人形だとわたしは思う。だから、それを取り上げ、高すぎて彼には届かない棚の上に置く。彼は金切り声をあげて叫びに叫ぶ。涙が落ちる。その声を聞かないですむよう、わたしは血が流れている足で外へ走り出る。彼は叫びやまない。やまない。荷車が通り過ぎる。なかの夫婦がちらとこちらを見るが、挨拶もしなければ停まりもしない。ついに少年は静かになったので、わたしはなかに入る。人形は棚の上にはない。それは部屋の隅に捨てられている。誰もほしがらない大事な子供のように。でも、違うかもしれない。たぶん人形はそこに隠れてすわっているのだろう。わたしから隠れて。怖がって。どちらだろう？　どちらが真実の読み方か？　テーブルからお粥が滴っている。スツールが横倒しだ。わたしの姿を見ると、少年はまた金切り声をあげる。わたしが彼をつかんだのはそのときだ。彼の金切り声を止めさせようとしたので、傷つけるつもりはない。だから、彼の腕を引っ張る。金切り声を止めさせようと。止めなさい。ええ、確かに、肩がギクッという音がしたけど、小さい音だ。暖かく柔らかいガチョウのローストの羽を胸から引き裂くときに聞こえるパチッという音と同じくらい。彼は悲鳴をあげ続け、それから気を失う。口から少し血が流れて、テーブルの隅に落ちる。ほんの少しだけ。彼が気絶すると同時に、あなたのどなり声が聞こえる。あなたの馬の音は聞こえず、どなり声だけが聞こえる。わたしは途方に暮れる。あなたがどなったのはわたしの名前ではないから。わたしじゃない。彼だ。マライクとあなたは叫ぶ。マライク。

口からあの血を滴らせ、床の上にぐんにゃりと静かに横たわっている彼を見て、あなたの顔はくしゃくしゃになる。いったい何をやってるんだ？　お前の情けはどこにある？　とどなりながら、あなたはわたしを殴りとばす。あなたはとてもやさしく彼、その少年を抱き上げ、彼の腕の角度を見て、大声で叫ぶ。少年は目を開け、それからもう一度気を失う。するとあなたは腕をひねって元の位置に戻す。確かに血が流れている。少しだけ。でも、血が出るとき、あなたはいなかった。だから、どうしてわたしのせいだとわかるの？　それが本当かどうか確かでないのに、どうしてわたしを殴り倒すの？　あなたは少年が倒れているのを見て、疑いの余地なくわたしが悪いと信じこむ。あなたは正しいけど、どうして訊かないの？　殴り倒されるのはわたしのほうが先だ。あなたの手の甲がわたしの顔を打つ。わたしは倒れて床の上に丸まる。きつく。質問はない。あなたは少年のほうを選ぶ。最初に彼の名前を呼ぶ。あなたは彼を運んでいき、人形といっしょに寝かせてから、わたしのところに戻ってくる。くしゃくしゃの顔、歓びのない目をして。首のロープのような血管が脈打っている。わたしはどうすればいいかわからない。わたしを殴り倒したことに対するお詫びの言葉はない。あなたが傷つけたところに触れるやさしい指もない。

わたしはすくむ。飛び上がろうとする羽を押さえつける。

お前のマダムはよくなるよ、とあなたは言う。誰かを雇ってお前をマダムのもとへ連れていってもらおう、と。あなたから離れて。それに続く言葉の一つ一つが、わたしを切り裂く。

どうしてあなたはわたしを殺そうとするの？　とわたしは訊く。

出ていってもらいたい。

説明させて。

いや。いまはだめだ。

どうして？　どうしてなの？

お前が奴隷だからだ。

何ですって？

おれの言うことが聞こえるだろ？

わたしを奴隷にしたのはサーよ。

彼のことじゃない。

じゃあ、誰のこと？

お前だ。

どういう意味？　わたしは奴隷よ。サーがわたしを買ったのだから。

いや。お前が奴隷になったのだ。

どういう風に？

お前の頭はからっぽで、体は野生だから。

わたしはあなたを愛してる。

その件についても奴隷だ。

わたしはあなただけのもの。

自分を所有しろ。女め。おれたちを放っといてくれ。お前はこの子を殺したかもしれないんだぜ。

いいえ、待って。あなたはわたしをひどい目に遇わせるのね。

お前は野生以外の何者でもない。抑制を知らないからな。心もない。

あなたはその言葉を叫ぶ——心、心、心と——何度も、何度も。それから笑い、わたしは生きて息をしてるのに、自分で奴隷を選んだのだ、と。

わたしはひざまずいて、あなたのほうに手を差し伸べる。あなたのところに這っていく。あなたは後ずさって、ここから出て行け、と言う。

ショックだ。あなたにとってわたしは無に等しい、とあなたは言うのか。あなたの世界ではわたしは全然重要ではない、と？ 青い水のなかに消えたわたしの顔を、ただつぶすためにあなたは見つけるのか。いまわたしは内なる死を生きている。いいえ。二度と会えない。これから先もずっと。羽が上がりかける。わたしは羽を開く。鉤爪が引っかき、引っかき、ついにわたしはハンマーを手にする。

ジェイコブ・ヴァークは墓から地上に出て、彼の美しい家を訪れた。

「彼なら来て当然だ」とウィラードが言った。

「おれだって確かに来るよ」とスカリが答えた。

その家はいまだに、この地方全域のなかで最も豪華な家だ。だから、どうしてその家で永遠のときを過ごさないでいられようか。彼らが最初に幽霊に気づいたとき、スカリは、それが本当にヴァークなのかどうか確信が持てなかったので、もっと近くに這い寄ってみなければならないと考えた。他方ウィラードのほうは、幽霊などについてよく知っていたので、死者の霊を騒がせると、どういう結果になるか彼に警告した。毎晩毎晩彼らは見張りを続け、ついに、ジェイコブ・ヴァーク以外の誰も、そこで憑かれた時間を過ごすはずはないと確信した。その家に以前住んでいた人はなく、マダムは誰彼の区別なくその家に入ることを禁じたからだ。二人とも彼女の理由づけは理解できなくても、尊重した。

何年も経つうちに、隣りあった農場の人々は、二人のうちどちらも「家族のような」と言いそうな、ごく親しい関係を作りあげていた。善良な夫婦（父母）、三人の女召使い（姉妹と言おうか）、それによく手助けをする自分たち息子、というわけだ。それぞれが彼らに頼り、みんな親切で、残酷な者はいない。とくに主人は。彼は、留守がちの彼らの所有者とは違い、決してののしったり脅したりすることはなかった。クリスマスの季節にはラム酒の贈り物さえくれた。一度、彼とウィラードはボトルから直接強い酒を飲みあったこともある。彼の死は二人をとても悲しませたので、天然痘の家には近づくなという主人の命令に背いて、二人は最終とは言わないまでも、未亡人が必要としている最後の墓掘りを買って出た。土砂降りの雨のなかで、彼らは五フィート分の泥を取りのぞき、穴が水浸しにならないうちに急いで遺体を下ろした。そのときから十三日経ったいま、死人がそこから出た。自分の墓から逃げ出したのだ。何週間も続いた旅行のあとで、また姿を現わす昔のやり方そっくりだった。二人は彼を見たわけではない。はっきりした姿や顔を見たのではなく、幽霊の炎を見たのだった。その光は真夜中近くに現われ、しばらくの間二階をさまよい、姿を消し、それからとてもゆっくり窓から窓へ移動した。マスター・ヴァークが他のどこかに現われて誰かを怖がらせたり騒がせたりするわけではなく、自分の家をさまようだけで満足しているのなら、ウィラードは、自分とスカリがマダムに忠実にふるまい、彼女が農場の修復をして準備を整える手伝いをするのが安全で正しい道だと感じていた。彼女が病気になってからというもの、農場はほとんど手つかずになっていたからだ。もうすぐ六月になるというのに、畝一本耕されてはいない。マダムが二人に払った何シリングかの金は、彼らがこれまでに支払いを受けた最初の金であって、彼らの仕事を義務から献身へ、憐憫から収益へ高めるものだった。

しなければならないことは、たくさんあった。女たちはつねに不屈ではあったが、いまは何かに気を取られて動作が緩慢になっているように見えるからだ。鍛治屋がマダムの病気を直し、女の子のフロレンスが自分の居場所に帰ってきた時期の前後から、棺衣が降りてきた。ウィラードが言うには、それでもリナは自分の仕事を注意深く平静にやり続けているとのことだったが、スカリはそれには反対で、怒りをじっと抑えているのだ、と言った。つまり、沸騰した湯のなかで長くぐつぐつ煮過ぎた青リンゴは、皮が破裂しそうになるから、すぐ引き揚げて、つぶしてソースにする前、冷ます必要があるが、それに似ていると言った。それに、スカリは何年もの間、リナが川で水浴しているのをひそかに盗み見て何時間も浪費していたので、それを知って当然だった。彼女の尻や、あの腰、あのシロップ色をした胸などを自由に見ることはもうできなくなった。彼は主に、他では絶対に見ることができないもの、つまり妖術のように黒く、攻撃的で、誘惑的な、覆われていない女性の髪が見られないのを寂しく思った。その髪が濡れて彼女の背中にまといつき、揺れているのを見るのは、静かな歓びだった。いまでは、もうない。かりにまだ水浴しているとしたら、それがどこであろうと、彼女は爆発寸前だと彼は確信していた。

マダムも変わった。哀悼と病気、そうしたものすべての影響は、昼間の光のように明らかだ、とウィラードは言った。彼女の髪、かつてはキャップに入りきらなかった赤銅色の髪の房は、こめかみのところで揺れる薄青い紐のようになり、これまでになく厳しくなった容貌に憂いの影をさしている。病床から起き上がると、彼女はいわば支配権を握ったが、以前は勇敢に引き受けていた仕事を、疲れ過ぎるからと言って避けた。洗い物はいっさいせず、何一つ植えず、草取りも全然しなかった。料理と繕いだけをした。でなければ聖書を読んだり、村から一人か二人招いてもてなしたりして、時間を過ごした。

「彼女は再婚するだろうと思うな」とウィラードは言った。「すぐに」

「どうしてすぐなんだ？」

「彼女は女だよ。そのほかに、どうやって農場を維持するのかね？」

「誰とだい？」

ウィラードは片方の目をつぶった。「村が提供してくれるさ」彼は助祭の親切を思い出して、笑いを咳でごまかした。

ソローの変化だけでも、彼らには改善に思われた。以前ほど頭が混乱している様子はなくなり、雑用をこなすのが上手になった。しかし、赤ん坊が第一だったので、いつもどこか近くにいる赤ん坊の泣き声が聞こえたら、卵の取り入れは先に延ばし、乳しぼりを遅らせ、どんな畑の雑用も中断した。彼女のお産を手伝ったので、彼らは名付け親の地位ができたと考え、もしソローに頼む気があれば、赤ん坊の守りをしてもいいとさえ申し出たが、彼女はそれを断った。彼らを信用しなかったからではない。彼らを信用してはいたのだが、まず自分を信じる必要があったからだ。

いちばん奇妙なのはフロレンスだった。彼らが知っていた従順な少女は狂暴な人間に変わった。鍛冶屋がマダムの病床を訪ねたのち帰宅してから二日後に、足を踏み鳴らして道を歩いてくる彼女を見たとき、生きた人間として認めるには少々時間がかかった。第一に、彼女は体中に血が飛び散り、泥まみれになっていたからで、第二に、彼らのすぐそばを知らん顔をして通り過ぎたからだ。確かに汗をかいた男たちが突然道路脇の木立から飛び出てきたら、人間は、どんな人間でも、とくに女性なら驚くだろう。しかし、この人間は彼らのほうをちらと見もしなければ、歩調を変えもしなかった。男たちは二人とも危機一髪の脱出をしてきたので息を切らし、幽霊を見たようにまだぼうとして、彼女が進む道に飛び出してきた。彼らのおびえた心のなかでは、どんなことでも起こり得るように思われた。二人ともできるかぎり早く走って、豚が自分の子を食べてしまわないうちに、世話をしている家畜のところへ戻った。それから、午前中の大部分を、侮辱されたクマから隠れて過ごした。この大椿事は、主としてウィラードのせいだということに二人は同意した。

年上の男の腰に下がったネット入りのヤマウズラは、それぞれ二食分の十分な補充になるので、自分たちの幸運を押し進め、ブナの木の下で休んでパイプをふかしたのは無謀だった。二人とも匂いが決定的になる森のなかで、一吹きの煙がどういう災難を招く可能性があるか十分承知していた。逃げるか、攻撃するか、隠れるか、またはこの雌グマの場合のように探険するか。ヤマウズラを出してくれた月桂樹がパキッという音を立てたとき、ウィラードは立ち上がって、黙っているようスカリのほうに手を差し出した。スカリもナイフに触れてから立ち上がった。鳥の鳴き声もリスのお喋りもない薄気味悪い静けさのあと、獣の匂いがどっと二人のところに押し寄せると同時に、雌グマが歯を鳴らしながら月桂樹にぶっかかった。クマがどちらを選ぶかわからないので、二人は別れ、めいめいが正しい選択をしたと期待しながら走った。死んだふりをするのは得策ではなかったからだ。ウィラードは親指をパイプの口に詰めて、露出した岩の下に隠れ、スレートの棚が風の方向をさえぎってくれるよう祈った。スカリは首筋に熱い息を確かに感じたと思い、跳び上がっていちばん低い小枝をつかみ、弾みをつけて木に登った。ばかだった。クマ自身木登りができるので、クマは立ち上がって、スカリの足をあごでがっしり挟みさえすればよかったからだ。だが、スカリは恐怖に襲われていたとはいえ臆病ではなかった。それで、いかに望み薄であろうと、少なくとも一つの強力な防御行為をしようと心を決めた。彼はナイフを取り出し、向きを変えて、狙いさえしないで、下の敏活な黒い塊の頭に突き刺した。そのときに限って、必死の思いが天に届いた。ナイフの刃が命中し、針のようにクマの目を貫いたのだ。うなり声はものすごく、爪で木の皮を引っかきながら、クマは地面に仰向けにころがった。輪になって吠えたてる犬も、このときほどクマを怒らせることはできなかっただろう。うなりながらクマは立ち上がり、突きささったナイフを落ちるまで叩いた。それから、四つんばいになって、肩を丸め、頭を左右に振った。子グマの鼻を鳴らす音が彼女の注意を惹き、盲目になって生来の貧弱な視力がさらに悪化したため、バランスを崩しながら重々しい足どりで子供を探しに彼女が去って行くまで、スカリには非常に長い時間が経ったように思われた。スカリとウィラードは待った。一人は捕まったクマさながら木に登らされ、もう一人は岩を抱き、二人とも彼女が戻ってくるのではないかと恐れていた。ついに戻ってこないことを確信すると、用心深く毛皮の匂いがしないか嗅ぎまわり、うなり声や他の生き物の動き、あるいは戻ってきた鳥の鳴き声に耳を澄ませ、二人は隠れ家から出てきた。ゆっくり、ゆっくりと。それから脱兎のごとく駆け出した。彼らが女のような形が彼らのほうへ進んでくるのを見たのは、二人が森から道へ飛び出したときだった。のちに、この件を話しあったとき、彼女ははだしで、血だらけだが誇りやかで、疫病神というよりは傷ついた英国軍人のように見えた、とスカリは結論を下した。

若いウィラード・ボンドは七年契約でヴァージニアの農園主に売られ、二十一歳になったら自由になれると期待していた。ところが、盗みや攻撃などの違反行為があったということで三年が付加された。その後、彼は遠い北の小麦農夫に譲渡された。二度の取り入れに続いて、小麦は霜害にやられ、所有者は彼の財産を混合家畜飼育へつぎこんだ。結局、過放牧をするとますます多くの牧場が必要になるので、所有者は隣人のジェイコブ・ヴァークと共同して、労働の対価として土地を手に入れる商売に転じた。それでもなお、一人の男がこれだけ多くの家畜を扱うことはできなかったので、少年が一人加われば、大いに助かる状況だった。

スカリが来る前、ウィラードは家畜がむしゃむしゃ食べて番うのを見守るだけの、つらく寂しい日々を送っていた。唯一の慰めは、もっとつらかったものの、もっと満足感のあるヴァージニアでの日々を思い出すことだった。そこの仕事はきびしかったが、日々は単調ではなく、彼には仲間があった。そこで彼は、煙草畑で働く二十三人の一人だった。イギリス人は六人、ネイティヴ・アメリカンが一人、バルバドス経由でアフリカから来た連中が十二人。女性はどこにもいない。彼らの仲間意識は、監督と主人の憎らしい息子たちに対する共通の憎しみで堅く結ばれていた。襲撃が行なわれたのは、後者に対してだった。離乳した子豚が盗まれたという話をデッチあげて、ウィラードの負債を増す理由に付け加えたからだ。彼はずっと寒くてきびしい地域に送りこまれ、そこになかなか慣れることができず、苦労した。夜は広くて何かが動いている闇の罠にかけられ、ハンモックに横たわって、生者と死者の両方に対抗しなければならなかった。拷問にかけられた人々のうなり声が、満ち足りたオオカミの呼び声になっているかもしれないように、ワピチの光る目はひょっとしたら悪魔のものかもしれなかった。こうした夜な夜なの恐怖が、彼の昼間の日々をも束縛した。豚や羊やその他の家畜が彼の唯一の仲間だった。所有者が帰ってきて、処理するため最上の家畜を運び去るまでは。スカリがやって来たとき、彼はこれを歓迎して安堵した。その後、彼らの仕事がヴァーク農場に対する時折の手伝いという点にまで広がり、彼らがそこの人々と気やすい関係を発展させるようになると、ウィラードが飲みすぎてむちゃなことを仕出かすことが二、三度あった。いまの場所に来た最初のころ、彼は二度ばかり逃亡をはかったが、いずれの場合も居酒屋の庭で捕まり、彼の期限がさらに延長される結果になった。

ヴァークが豪邸を建てる決心をしたとき、彼の社会的生活におけるさらなる改善がはじまった。再び彼は熟練者、未熟練者を含む一団の労働者たちの一員となり、鍛冶屋が来ると、状況はますます興味深いものになった。その家は豪華で、囲われた敷地は印象的であるばかりか、門は壮観だった。サーは両方のパネルに幻想的なデザインを施したいと考えたが、鍛冶屋が思い止まらせた。結果は三フィートの高さの縦棒の線の上に簡素なピラミッド型のキャップがついたものになった。これらの鉄の棒はすっきりと門まで続き、門の両側には厚い蔦の飾り模様がかぶせられている。彼がそう考えた、と言ったほうがいいかもしれない。もっと仔細に眺めると、金メッキした蔦は、実は鱗などすべてを備えた蛇だとわかるからだ。しかし、最後は牙ではなく花で終わっている。門が開くときは、各々の花びらが他から別れ、閉じるときには溶け合った。

彼は鍛治屋とその技術に感心した。この見方は、ヴァークの手から鍛治屋の手へ金が渡るのを彼が目撃した日まで続いた。銀の鳴る音は、その輝きと同じほど間違えようがない。ヴァークがラム酒の投資で金持ちになりかけていることは知っていたが、建築材料を運んでくる男たちのように、だがヴァージニアでいっしょに働いた男たちとは違って、鍛治屋が自分のした仕事に対して金をもらっていると思うと、ウィラードは猛烈に腹が立った。そのためスカリをそそのかして、黒い男が出してくる要求は拒否した。栗の木を伐るとか、炭の運搬をするとか、ふいごを吹くといった仕事を拒否し、緑の材木を雨から囲うことを「忘れた」。だが、ヴァークが両人を懲らしめたので、二人はしぶしぶ和解したが、ウィラードを落ち着かせたのは鍛治屋自身だった。ウィラードはシャツを二枚持っている。一枚はカラーつきで、もう一枚はボロに等しい。ある朝、彼は新しい糞の上ですべってシャツの背中を縦に引き裂いたので、カラーつきの上等のシャツに着替えた。仕事場所に着くと、彼の姿が鍛治屋の目を惹いた。すると、相手はうなずき、それから誉めるかのように親指をまっすぐ上に上げた。ウィラードは自分が笑い者になっているのか、お世辞を言われているのか、まったくわからなかった。しかし、鍛治屋が「ミスター・ボンド、おはよう」と言ったとき、それを聞いて彼は嬉しくなった。ヴァージニアの土地管理人、警官、小さな子供、牧師たちの誰一人、彼をミスター付けで呼ぼうとは考えなかったし、彼のほうもそれを期待してはいなかった。彼は自分の地位を知ってはいたが、そのささやかな礼儀が与えてくれる高揚感は知らなかった。冗談であろうとなかろうと、その最初の機会は最後の機会にはならなかった。鍛冶屋は一度もその呼び方を変えようとはしなかったからだ。彼の心は自由なアフリカ人対自分という身分の問題でいまだに疼いていたが、彼にできることは何もなかった。年期奉公による労働を守ってくれる法律は存在しなかった。それでいて鍛冶屋には魅力があり、彼はミスターと呼ばれることが本当に嬉しかった。それで、彼は一人でくすくす笑いながら、どうして女の子のフロレンスがその男の魅力に打たれて惚けてしまったかが理解できた。おそらく彼は、夕食時の愚行をするため森のなかで会ったとき、彼女をミスとかレディとか呼んだのだろう。それが彼女を興奮させたのだ、と彼は考えた。もし彼女がただの黒人のにやにや笑い以上のものを必要としたのであれば。

「生まれてからこのかた」と彼はスカリに言った。「あんなもの一度も見たことないぜ。彼はいつでもどこでも彼女がほしいときに、彼女を手に入れる。そして、彼女のほうは彼の姿が見えなければ、雌オオカミのように彼を狩るんだ。彼が一日か二日、塊鉄工場へ行ったら、鉱石の塊鉄を運搬して帰ってくるまで、彼女はふてくされてるよ。おかげで、ソローがクエーカー教徒みたいに見えてくるな」

スカリはフロレンスより二、三歳しか年上ではなかったので、彼女の態度のはげしい変化にウィラードほど当惑はしなかった。彼は自分を目先の利く性格判断者だと考えており、ウィラードとは違って、他の人々の真の核に対する抜け目のない的中本能を持っていると感じていた。ウィラードは外側で人を判断するが、スカリはもっと深いところを見る。彼はリナの裸体を楽しんだが、彼女の純粋さをも見ていた。彼女の忠誠心はマダムやフロレンスに対する屈従ではなく、彼女自身の自尊心のしるし――一種の約束遵守――だと考えた。たぶん、名誉心。そして、ウィラードに加わってソローを笑い者にはしたものの、スカリは他の二人の召使いより彼女のほうを好んでいた。もし彼に誘惑する気があったら、彼が選ぶのはソローのほうだったろう。彼女の容貌は人の気を削ぐ、複雑で、よそよそしいものだった。まばたきをしない煙ったような灰色の目は、からっぽではなく何かを待ち受けている。リナを困らせたのは、その待ち伏せするような視線だった。彼以外のみんなが、彼女のことを気が触れていると考えていた。独りでいるとき、彼女が大声で話すからだ。しかし、そうしない人間がいるだろうか。ウィラードは雌羊に定期的に挨拶したし、マダムは何か独りで仕事をしているときは、つねに自分に指示を出している。そしてリナは、まるで小鳥たちが空の飛び方について彼女に忠告を求めているかのように鳥に答えていた。ソローを「奇妙なやつ」として斥けることは、自分の地位に対する彼女の敏活でわけのわかった感覚を無視することになる。彼女のプライバシーが彼女を守り、たやすくなびく交合は自分に対する贈り物だった。妊娠すると彼女は輝き、まったく正しい場所で正しい人々に助けを求めた。

他方、もし彼にレイプする気があったとすれば、フロレンスが彼の餌食になっただろう。まったくの無防備と他人を喜ばせようとする熱意とのあの組み合わせ、そして、何よりも他人の意地悪さを進んで自分のせいにする性向は、すぐ目につく。だが、いまの彼女の様子からすると、それがもう当てはまらないことははっきりしている。道路を行進してくる彼女の姿――幽霊か兵士のどちらであろうと――を見た瞬間、彼には彼女が手の届かない人間になったことがわかった。しかし、彼女はレイプされない人間だという彼の評価は、客観的なものだった。リナの体に対する窃視者の妄執を別にすると、スカリには女性に対する肉体的関心はない。ずっと前、男たちの男だけの世界が彼に烙印を捺したのだった。そして、鍛冶屋を見た最初の瞬間から、彼は鍛冶屋がフロレンスに及ぼす影響については全然何の疑いも持たなかった。したがって、「いつも抱いてね」から「絶対に触らないで」への彼女の変化は、彼には特徴的であると同時に予想できるもののように思われた。

また、マダムに対するスカリの意見は、ウィラードほど寛大ではなかった。マダムが嫌いではなかったが、主人の死と彼女自身の回復後の行動は、ただの病身と哀悼の結果だけではないと彼は考えていた。マダムは、時を刻む喜びに身をゆだねて、毎日を過ごしている。彼女は純粋で単純な悔悟者だ。つまり敬虔さの下には、残酷さとは言わないまでも何か冷たいものがあるように思われた。壮大な家、それが建つのを自分でも喜んでいた豪邸に入ろうとしないのは、彼女自身のみならず、すべての人間、とくに死んだ夫に対する罰だと彼には思われた。夫婦の両方が喜び、祝いさえしてきたものを、彼女はいま第三と第七の罪（いわゆる七つの大罪、すなわち貪欲、色欲、物欲、憤怒、怠惰、高慢、虚栄を指す）両方の印として軽蔑している。生前の夫をいかに愛していたとしても、彼女を残して先に死んだことが彼女を破滅させたのだ。それなのに、どうして少しばかり復讐をして、いかに不幸になり、いかに怒っているかを示さないでいられようか。

スカリは二十二年の間、ウィラードよりはるかに多くの人間の愚行を見てきた。十二歳になるまでに、彼は英国国教会の牧師補から学業を教えられ、愛され、裏切られた。母親が勤務先の居酒屋のバーの床の上で死んだのち、彼はいわゆる父親から賃貸契約で長老会に貸し出された。酒場の主人は、母親の借金を労働で返してもらおうと三年間のスカリの労働を要求したが、「父親」が現われて借金の残額を支払い、スペインの酒二樽といっしょに息子の奉仕を長老会に売った。

スカリは裏切られ、続いて鞭打ちを受けたが、牧師補を一度も咎めなかった。牧師補は彼らが捕まった事情を、少年の好色のせいにしなければならなかった。さもなければ、聖職を奪われるだけではなく処刑されるからだった。長老たちは、スカリはまだ若いから永久に矯正不能ということはなかろうという意見に賛成して、牛飼いといっしょに働く人間を求めていた遠い地主のところへ送りこんだ。住む人がほとんどいない田舎なので、少年は最上の場合は行ないを改めることができるし、最悪の場合でも他人を堕落させる機会はないだろうと、彼らは考えた。スカリはその地域に着くが早いか、逃げ出すつもりだった。しかし三日目にはげしい冬の嵐が起こり、三フィートもの雪でその地方全体を覆い、凍らせた。雌牛は立ったまま死んだ。氷に覆われたムクドリが、雪でしなった木の枝にしがみつく。彼とウィラードは小屋のなかで、囲いこんだ羊や家畜といっしょに眠った。救えなかった家畜は、自力で生きるか死ぬかにまかせて、残してくることしかできなかった。そこで、動物たちの暖かさと抱きあった自分たちの体温に包まれて、スカリは計画を変更したが、ウィラードは全然気にしなかった。年上の男のほうは酒が好きだったが、スカリは子供時代を通して居酒屋のバーの下で眠り、母親に対するその影響を見てきたので、酒を避けた。彼は解放料をもらって馬が買えるようになるまで、時期を待つことにした。馬車や荷馬車や馬に曳かせた荷車は、乗馬よりましとは言えなかった。どこへでも徒歩で行くしかない人間は、決してどこにも行き着かないように思われた。

歳月が過ぎ去っていくにつれて、希望さえおぼろになりかけていたので、彼は忍耐してはいたものの、心理的にはいらだっていた。それからジェイコブ・ヴァークが死に、彼の未亡人は彼とウィラードにすっかり依存していたので、金を支払った。四ヵ月経つと、彼にはすでに十六シリングの貯えができた。四ポンドか、ひょっとしたらそれ以下で、馬一頭確保できるだろう。そして解放料――二十五ポンド（あるいは十ポンドだっただろうか）に相当する品物か作物か貨幣か――がそれに加わることを考えれば、何年かにわたる奴隷労働はやるだけの価値はあった。彼はただ食べるもの愛するものを探すだけで、人生を過ごしたくはなかった。その間、彼はマダムの心を乱すようなことは何もしなかったし、彼を解雇するいかなる理由も与えなかった。それで、ウィラードが彼女はすぐに結婚するだろうと予言したとき、彼の気力は萎えた。農場を経営する新しい夫は、まったく別の取り決め、彼を含まない新しい取り決めをする可能性があったからだ。女たちのため、女たちの間で働く機会は、彼とウィラードに利点を与えてくれた。いかに大勢の女たちがいようと、いかに勤勉であろうと、彼女たちは六十フィートもある木々を伐り倒し、家畜用の囲いを作り、鞍の修理をし、牛を処理して牛肉にしたり、馬に蹄鉄を打ったり、狩りをしたりはしなかった。それで、マダムが嫌悪感を広げていくのを見守っていた間、彼は彼女を喜ばすためにできることはみんなやった。彼女がソローを打擲《ちょうちゃく》したり、リナのハンモックを下ろしたり、フロレンスの売却を広告したりするとき、彼は心のなかではすくんでいたが、何も言わなかった。そこは彼の住居ではなかったし、その上、彼は永久に苦役から抜け出す決心を固めており、そのためには金が保障になるからだ。それでいて可能な場合には、ひそかにマダムが与えた傷を和らげたり、軽くしてやろうと努力したりした。彼はソローの赤ん坊のために、内側に羊の皮を張った箱を作ってやったし、村に張られた広告を裂き取りさえした（だが、集会所にあった広告は裂き忘れた）。しかし、リナは近づきがたく、何も求めず、何であれ人がくれるものは、しぶしぶ受け取るのだった。彼とウィラードが作った豚の頭のチーズは、彼女がいま眠っている道具小屋に、いまだに布に包まれて置きっぱなしになっていた。

ヴァークの死後の荒廃のさまは、こんなところだった。それからこれが、男たちの虜になった女たち、あるいは辛辣な言い方をすれば、男のいない女たちの成り行きだった。あるいは、彼がそう結論したと言ったほうがいいかもしれない。彼は彼女たちの心のなかについては何の証拠もなかったが、彼自身の経験を基にして考えると、裏切りが現代の毒であることは確かだった。

悲しいことだ。

彼らはかつて、自分たちは一種の家族だと考えていた。いっしょに孤立状態から仲間意識を作りあげたからだ。しかし、彼らが想像した家族像は偽物だった。めいめいが何を愛し、求め、あるいは逃げ出そうと、彼らの将来は別々で、誰にも想像できないものだった。一つのことだけは確かだった。つまり、勇気だけでは十分ではないということだ。血の繋がりがないので、彼らを結びつけるものはまだ地平線上には見えなかった。しかしスカリは、天地創造以前に存在したものを牧師補がいかに描写したかを思い出し、そこに、黒いものを見た。厚くて、得体が知れず、世のなかに出してもらいたいと切望しているものを。

おそらく彼の賃金は、鍛冶屋の賃金より多くはなかったかもしれないが、スカリとミスター・ボンドにとっては、将来を想像するのに十分なものだった。

わたしは夜を徹して歩く。独りで。サーのブーツがないと歩きにくい。あれをはいていると石の多い川床も横切ることができた。森を抜け、イラクサの丘を下って早く進むことができた。わたしが読むもの、または解読するものは、いまでは役に立たない。犬の頭、庭蛇。ああいうものはみんな意味がない。でも、あなたを失なったあとのわたしの道ははっきりしている。わたしはいつも、あなたはわたしの命、害から、ただ投げ捨てるだけのためにわたしをしげしげと見る人から、わたしを自分のものだと言い、わたしを支配できると考えるすべての人から、わたしを守ってくれるものと考えている。わたしはあなたにとって無だ。わたしは野生だとあなたは言う。わたしは野生。それは、あなたの口の上、目のなかの戦きなの？　あなたは怖いの？　怖くて当然。ハンマーはあなたに当たるまで何度も何度も空を切り、当たったとたん弱まって死ぬ。あなたはそれをわたしからもぎ取って投げ捨てる。わたしたちの衝突は長く続く。わたしは歯を剝いてあなたを噛もうとし、あなたを八つ裂きにしようとする。マライクは泣き叫ぶ。あなたはわたしの両腕をわたしの背後に強く引く。わたしは体をねじって、あなたから逃れる。やっとこがある。すぐそばに。すぐそばに。わたしはそれを強く強く振りまわす。あなたがよろめいて血を流すのを見て、わたしは走る。それから歩く。それから浮かぶ。冬の最中に川岸から切り離された浮氷。わたしには靴がない。わたしには撥ねつけるハートもなければ家もなく明日もない。わたしは昼間歩き、夜歩く。羽は閉じる。いまのところ。

わたしがあなたから逃げ出して三ヵ月になる。前には一度も葉っぱがこれほどの血の色、茶色になるのを見たことがない。あまりに強い色なので、目が痛くなる。目を休めるため、木立の稜線のはるか上のほうの高い空を見つめなければならない。夜、明るい昼間の光が冷たく黒い空を宝石のように飾る星に場所を譲るとき、わたしは眠っているリナのそばを離れて、この部屋に来る。

かりにもあなたが生きていて傷が治ったとしたら、あなたはわたしの語りを読むため、かがみこまねばならない。二、三の場所ではたぶん、這いつくばらねばならないだろう。そんな不自由な思いをさせてすみません。ときどき釘の頭がすべって、言葉の形が乱雑になる。神父様はそれが大嫌いだ。彼はわたしたちの指を叩いて書き直しをさせる。わたしがこの部屋に来た最初のとき、語ればこれまで流したことのない涙が出るのは確かだと思った。でも、わたしは間違っていた。目は乾いたままだ。わたしが語るのをやめるのは、ランプが燃えつきるときだけ。それから、わたしはわたしの言葉のなかで眠る。語りは夢も見ないで続く。目がさめると、立ち去るのに時間がかかる。わたしはこの部屋を出て雑用をする。何の意味もない雑用を。わたしたちはおまるを洗うが、絶対にそれを使ってはいけないのだ。わたしたちは牧場にある墓場のため背の高い十字架を作るが、その後それを取り外し、短くしてから元に戻す。わたしたちはサーが死んだ場所の掃除をするが、この家の他のどこにも入ってはいけないのだ。ここではクモがぬくぬくと支配し、コマドリが安らかに巣をかけている。あらゆる種類の小さな生きものが、身を切る風といっしょに窓から入りこむ。わたしはランプの炎を自分の体で囲い、冬がわたしたちの埋葬を待ちかねているかのように、風の冷たい歯が体に食いこむのに耐える。マダムは屋外便所がいかに寒いかということには気を使わないし、夜の寒さが赤ん坊にどんな影響を及ぼすかも覚えていない。マダムは治ったけれど具合は悪い。彼女のハートは背信的だ。どんな微笑ももうない。彼女が集会所から帰ってくるときは毎回、その目はどこも見ておらず、内なるものも見ていない。クローゼットのドアの後ろでわたしの体を検査した女たちの目のように。マダムの目は外を見ているだけ。目に入るものは気に入らない。彼女の服は黒っぽくて地味だ。始終祈っている。彼女はわたしたちみんなを、つまり、リナ、ソロー、ソローの娘とわたしを、天候の如何にかかわらず、雌牛小屋か、煉瓦やロープや道具やあらゆる建築用のごみが入っている倉庫のどちらかで眠らせる。外で眠るのは野蛮人だけよ、と彼女は言う。だから、いいお天気の日でもリナとわたしが寝る木の下のハンモックはもうない。ソローと赤ん坊の娘のための暖炉ももうない。マダムは赤ん坊が好きではないからだ。氷のように冷たい雨の一夜、ソローは赤ん坊を連れてここに避難した。階下のサーが死んだ部屋のドアの後ろに。マダムは彼女の顔に平手打ちを食わせる。何度も何度も。わたしが毎晩ここに来ていることを彼女は知らない。知ったら、わたしも鞭打たれるだろう。敬虔になるためにはこうしなくちゃ、とマダムは信じているのだから。彼女の教会通いが彼女の性格を変えたけど、そんな風にふるまえと彼らが命じたわけではないと思う。これらの規則は彼女が作り上げたもので、彼女は昔とは違う。スカリとウィラードは、彼女がわたしを売りに出そうとしていると言う。だが、リナは売らない。ソローは誰かにやってしまいたいのだけど、引き取り手がいないのだ。ソローは母親だ。それ以上でもそれ以下でもない。わたしは、赤ん坊の女の子に注ぐ彼女の愛情が好き。彼女はもう自分をソローとは呼ばせないだろう。彼女は名前を変えたし、逃げる計画を樹てている。いっしょに逃げようと誘われたけど、わたしはここでやり終えなければならない仕事がある。悪くなったのはリナに対するマダムの態度。マダムは教会に行くとき、リナについて来てと言うけれど、どんな天候のときでも彼女を道路脇にすわらせる。リナは教会に入れないからだ。リナはもう川で水浴することはできず、独りで庭仕事をやらねばならない。かつて庭の手入れをしている間、彼女たちはどんなに話しあい、いっしょに笑っていたことか。あの声を二度と聞くことはない。リナはわたしに、最初のころあなたについて警告したことを話したがっている。思い出させたいのだ。でも、警告する理由が警告自体を間違ったものにする。わたしは昔むかしサーがまだ死んでないとき、あなたがわたしに言った言葉を覚えている。あなたは、奴隷のほうが自由な人間よりずっと自由に見えると言う。一方はロバの皮をかぶったライオンで、もう一方はライオンの皮をかぶったロバにすぎない。人を奴隷にし、野生に対してドアを開くのは、内部の萎縮だ、と。わたしの萎縮は未亡人のクローゼットで生まれたことはわかっている。羽あるものの鉤爪が突然あなたに襲いかかったのは、あなたがわたしを引き裂いたようにあなたを引き裂きたいと思い、それを止められないから、とわかっている。でも、他のこともある。たてがみがすべてだと思うライオン。そう考えない雌ライオン。わたしはこれを娘のジェインから学んだ。血だらけの脚も彼女を止めはしない。彼女は危険を冒す。あなたが追い出す奴隷を救うために、あらゆる危険を冒す。

　この部屋にはもう余地がない。これらの言葉が床を覆っている。これからあなたは立ってわたしの話を聞くだろう。壁が厄介だ。ランプの灯りは小さすぎて、その灯りでは壁がよく見えないからだ。わたしは一方の手で灯りをかかげ、もう一方の手で文字を刻んでいる。わたしの両腕は痛むけれど、あなたにこのことを告げなければならない。あなた以外の誰にも話すことはできない。わたしはドアのそばにいて、いまそれを閉じようとしている。語りが止まったら、わたしの夜をどうすればいいのだろう？　夢見る経験は二度と戻ってこない。突然、わたしは思い出す。あなたはわたしの話を読まないだろう。あなたは世界を読むけれど、語りの文字は読まないから。読み方を知らないからだ。たぶんいつの日か、それを学ぶだろう。もし学んだら、もう一度この農場に来て、あなたが作った門の蛇を引き分け、この大きな畏れ多い家に入り、階段を登って、昼間この語りの部屋の内部に入ってね。あなたがこれを一度も読まなければ、誰も読まないことになる。これらの注意深い文字は閉じて、大きく開き、独白する。ぐるぐるまわり、端から端まで、下から上へ、上から下へ、部屋を横切って。あるいは。あるいはたぶん、そうはならないかもしれない。たぶん。これらの言葉は、外の世界にはたっぷりある空気が要るのだろう。飛び上がって落ち、何エーカーにも及ぶプリムローズとゼニアオイの上を覆う灰のように落ちねばならないのだろう。明るい青緑色をした湖の上、永遠のベイッガの彼方、虹が切り裂く雲を通して落ち、地球上に香気を添える。リナが助けてくれるだろう。彼女はこの家に恐怖を見いだし、マダムの命じるままに動かねばならないけれど、火のほうをもっと愛してるのはわかってる。

わかる？　あなたは正しい。ミーニャ・マンイも。わたしは野生になる。だが、フロレンスでもある。全面的に。許されず、許さない。容赦しないわ、わたしの恋人よ。絶対に。わたしの声が聞こえる？　奴隷。自由。わたしは生き抜く。

わたしには一つの悲しみが残る。この間中ずっと、わたしには母がわたしに語っていることがわからない。わたしが母に話したいことも、彼女にはわからない。マンイ、喜んでおくれ。わたしの足の底は糸杉のように堅いから。

どちらの男もあんたの弟は欲しがらない。あいつらの趣味はわかっている。乳房のほうが単純なものよりずっと大きな喜びを与えるからだ。お前の乳房はあまりに早く盛り上がり、小さな女の子用の胸を覆う布からじらされている有様だから。あいつらはそれを見、わたしは彼らが見ているのを見る。もしわたしがこの地区の少年の一人にお前を差し出したとしても、いい結果は生まれない。フィゴウ。お前は彼を覚えているだろう。彼は馬にやさしい少年で、裏庭でお前と遊んだ。わたしは彼のためにベーコンの皮を取っておき、甘パンは他の人たちにあげるよう持って行かせた。彼の母親のベスはわたしの考えていることがわかったが、反対はしなかった。彼女はタカのように息子を見張っていた。わたしがお前を見張っていたように。でも、愛する娘よ、そんなことは決して長続きする幸福をもたらしはしない。身を守るものがなかったから。全然。確かに、靴を欲しがるお前の悪癖があればなおさらのこと。この状況は、まるでお前が急いで乳房を発達させ、これも急いで年寄り夫婦の唇になろうとしているかのようだった。

わたしの気持ちをわかっておくれ。身を守るものはなかったし、教義問答のなかにも「いけない」とあいつらに命じるものはなかった。わたしは神父様にこう言おうとした。もしわたしらに読み書きができたら、いつの日か、なんとかお前はやっていくことができるだろうとわたしは思うということを。神父様はとても親切で勇敢な方で、それこそ神が望んでおられることだと言った。あいつらが神父様に罰金を課し、彼を刑務所に入れようと、わたしらに読み書きを教えた他の司祭様を狩り立てたように銃火で狩り立てようと、問題ではない、と。彼は、もしわたしらに読み書きができて、聖書が読めるようになったら、神様をもっと愛するようになるだろうと信じていた。わたしにはわからない。わたしにわかっているのは、学問には魔力があるということだけ。

黄色い髪をした背の高い男が食事に来たとき、出された食事が嫌いだということがわたしにはわかったし、彼の目のなかに、セニョールもセニョーラも彼らの息子たちも信用してないと言ってるものを見た。彼のやり方は別なのだろう、とわたしは考えた。彼の国はここから遠い。彼の心に獣はいなかった。彼は決してセニョールが見るようには、わたしを見なかった。彼はほしがらなかった。

わたしはお前の父さんが誰なのかは知らない。暗すぎて、どの人の顔も見えなかったから。あいつらは夜来て、ベスを含むわたしら三人を治療小屋に連れていった。男たちの影が樽の上に腰かけていたが、そのとき立ち上がった。彼らは、わたしらを仕込めと言われたと言った。身を守るものはない。この場所で女であるってことは、絶対に治らない開いた傷なんだよ。たとえ表面は傷痕になろうと、その下の化膿は永久に治らないのだよ。

わたしら家族の者を束ねる大立者と他の家族たちの大立者との間に、幾シーズンとなく前後左右に侮辱が行ったり来たりした。男たちは、家畜や女たちや水や作物についての侮辱で繁栄するのだ、とわたしは思う。何も彼もが熱くなって、ついに彼らの家族の男らがわたしらの家を焼き払い、殺せないもの、商売に使えるものを集めた。わたしらはブドウの蔓で二人ずつ縛られ、四回移動させられた。そのたびに、もっと多くの取引がなされ、もっと多くの掻き集めが行なわれ、もっと多くの死者が出た。わたしらの数は増すこともあり、減ることもあるが、最後には、たぶんわたしらのうちの七十人か百人かが家畜用の檻に追いこまれた。そこで、わたしらは病人か死人のような男らを見る。やがて、彼らはそのどちらでもないことがわかる。肌の色が混乱させるのだ。わたしらの見張りをして、売るのは黒人。二人は帽子をかぶり、のどに奇妙な布を巻いておる。白塗りの男たちはわたしらを食べたいわけじゃない、とやつらは請け合う。とはいえ、ありったけのみじめな思いが続く。ときどきわたしらは歌った。何人かは戦った。たいていのとき、わたしらは眠るか、泣くかした。それから、白塗りの男たちがわたしらを分けて、カヌーに乗せた。わたしらは海に浮かぶよう作られた家のところに来る。川または海のそれぞれの水の下にはサメがいる。このようにわたしらの番をしている白塗りの男たちは、たくさんの餌場があって喜んでいるサメと同じように見える。

わたしは周囲をぐるぐるまわるサメを歓迎したが、サメはわたしを避けた。わたしが首、腰、足首につけられた鎖よりサメの歯のほうがいいと考えているのがわかったかのように。カヌーが傾くと、何人かは跳びこんだ。他の連中は下から引っ張られたので、彼らの血が渦を巻くところは見なかった。ついにわたしら生きている者は集められて、見張りの下に置かれた。わたしらはそれから海に浮かぶ家に入れられ、はじめてネズミを見た。死に方を工夫するのは難しい。わたしらのうち何人かはやってみたし、何人かは実際に死んだ。油に漬けたヤマノイモを食べるのを拒否するとか、首を絞めるとか、昼も夜もずっと追ってくるサメにわたしらの体を捧げるとかして。わたしは、鞭打ちでわたしらに喝を入れるのがあいつらの喜びだということは知っていたが、自分らの体を鞭打ちするのもあいつらの楽しみだということがわかった。ここでは無分別がまかり通っている。誰が生き、誰が死ぬか？　暗闇でのあのうめき声や怒号のなかで、あのひどさのなかで、誰にそれがわかろう？　自分の汚物のなかで生きることと、別の人の汚物のなかで生きることは違う。

バルバドス。わたしはやつらがそう言うのを聞いた。他の人たちは死んだのに、どうしてわたしは死ねなかったのかと、何度も何度も当惑して自問したあげく。船から投げ捨ててもらおうと一生懸命死んだふりをしたあげく。心が何を計画しようと、肉体には別の関心があるような気がする。そういうわけでバルバドスへ来て、わたしは清らかな空気を吸い、故郷と同じ色の空の下でまっすぐ立つことができて、ほっとした。ぎゅう詰めにされた肉体が発散する蒸気の代わりに、なじみ深い太陽の熱がありがたかった。たくさんの人といっしょに入れられた家畜用の檻は気にせず、わたしの足を支える大地にも感謝した。航海のときにわたしらが入れられた船倉より小さな檻だったけれど。一人ずつ、わたしらは高く跳び上がり、かがみこみ、口を開けさせられた。

子供たちは、こういうことがとてもうまい。象に踏みにじられた草のように、彼らは跳び上がって、人生をもう一度試してみようとした。彼らはとうの昔に泣くのを止めていた。彼らはいま目を大きく見開いて、相手を喜ばし、自分たちの能力を示し、その結果生きている価値を示そうとしている。生き残る可能性がいかに少なくても。別の群れが彼らを滅ぼしにやってくる可能性がいかに高くても。歯が突き出た男たちの一団が、鞭の留め金をいじっている。切望で顔を真っ赤にした男たち。または、あとで知ったのだが、それの取り入れをするためにわたしらが連れて行かれたサトウキビ作りの、致命的な地上生活に破滅させられた男たち。蛇、タランチュラ、彼らがワニと呼ぶトカゲ。わたしがサトウキビ畑で燃える汗をかいたのは、ほんの短い間だった。あいつらがわたしを連れ去り、太陽が照りつける台の上にすわらせたからだ。わたしがわたしの国から来た人間でも、わたしの家族から出た人間でもないということを知ったのは、そこにいるときだった。わたしはネグリト（東南アジアおよび大洋州の矮小準黒色人種）だった。あらゆる点で。言語、衣服、神々、ダンス、習慣、装飾、歌——そういうものすべてが、わたしの肌の色のなかにいっしょに混ぜ合わされていた。そういうわけで、セニョールがわたしを買って、サトウキビ畑から連れ出し、北の彼らのタバコ農園に送ったのは、黒人としてだった。だから、希望があった。だが、まず交合があった。わたしとベスともう一人が治療小屋に連れていかれた。

あとで、わたしらを仕込めと言われた男たちは謝った。のちに監督がわたしら一人一人にオレンジをくれた。だから問題はなかったのかもしれない。二度ともそれでよかったのかもしれない。その結果がお前とお前の弟なのだから。だが、セニョールとその妻がいた。わたしは神父様に告白しはじめたが、恥ずかしいのでわたしの言葉はナンセンスになった。神父様は理解しなかったのか、信じなかったかのどちらかだ。彼はわたしに絶望するな、気弱になるな、そして神とイエス・キリストを全心で愛しなさい、最後の審判のとき救われますようにと祈りなさい、と言った。他の人たちが何と言おうと、わたしは魂のない動物ではなく、呪われた人間でもない、プロテスタントは間違ってるし罪を犯している、だからわたしが心と行ないの両方で無垢のままであれば、わたしはこの苦しい人生の谷間を越えて、永遠の生命に喜び迎えてもらえるのだ、と言った。アーメン。

だが、お前はだらしない女の靴をほしがった。それに、お前の胸を包む布も役に立たなかった。お前はセニョールの目を捉えたのだ。背の高い男が食事をしてから、セニョールといっしょにこの辺をぶらぶら歩いていたとき、わたしはポンプのところで歌を歌っていた。サルが卵を盗んだので、緑色の小鳥が戦って、それから死ぬ話についての歌を。わたしは彼らの声を聞き、彼らの目に留まるよう、お前とお前の弟を引き寄せた。

いい機会だ、とわたしは考えた。身を守るものはないけれど、違いはある、とね。お前はあの靴をはいてそこに立っていた。背の高い男は笑って、借金の清算をするため、わたしを受け取ろうと言った。でも、セニョールがそれを許さないことはわかっていた。だからわたしは、お前を、と言った。お前を、わたしの娘を連れていってください、と。背の高い男がお前を八つのアマではなく、人間の子として見ていることがわかったから。わたしは彼の前にひざまずいた。奇蹟を願いながら。彼は、いいよ、と言った。

でも、あれは奇蹟ではなかった。神から与えられたものではない。あれは哀れみの行為《マーシィ》だった。人間が捧げたもの。わたしはひざまずいたままだった。塵のなかに。お前がわたしの知っていること、どうしてもお前に話したいことを理解するまでは、毎日毎晩、わたしの心は塵のなかに留まるだろう。他の人間に対する支配権を与えられるのは、難しいこと、他の人間に対する支配権をもぎ取るのは間違ったこと、自分自身の支配権を他人に与えるのは悪いことだ、ということを。おお、フロレンス。わたしの愛する娘。お前の母さん《テュア・マンィ》の話を聞いておくれ。

※このあとがきには物語の結末に触れる部分があります。

# 訳者あとがき

本書『マーシイ』（*A Mercy*, 2008）は、トニ・モリスンの代表作『ビラヴド』（*Beloved*, 1993）と対をなす作品であって、主題の一つは奴隷として生まれた娘に対する母の愛と言うことができよう。『ビラヴド』は、捕縛者が迫ってきたとき、娘を奴隷制に戻すよりは死なせたほうが彼女のためだと信じて殺す女逃亡奴隷の話だが、『マーシイ』では、親切そうな白人の貿易商に娘を託す母親の姿が描かれている。主人が借金の一部を奴隷で支払いたいと言ったとき、債権者が母親のコックならもらってもいいと言ったところ、主人はコックはやれないと突っぱねる。すると、母親は代わりに娘を連れていってくれと跪《ひざまず》いて頼むのだ。根がやさしい貿易商は母親の必死の姿に心を動かされて、不承不承この取引を承知する。だが、こうした扱いを受けた娘のほうはこの件がトラウマになって、その後の行動が制約される。母は娘のためにした自分の行為の説明をしたいとたびたび娘の夢枕に立つが果たせず、最後の章になってようやくこの願いが叶う。

物語の時代は『ビラヴド』よりさらに遡って、一六八〇年代から一六九〇年代。主人公である奴隷の娘フロレンス（Florens）が生まれたのはメリランドだが、八歳のとき送りこまれたのは、北部のミルトン（Milton）という町か村である。主な登場人物は九人。全員が社会の下積みの生活で辛酸を嘗《な》めてきた人々で、主人夫婦を除くと、他は黒人、ネイティヴ・アメリカン、混血、白人と人種は異なるが、いずれも奴隷や年期奉公の契約に縛られた農奴で、自由になる曙光は見えない境遇にある。

当時の社会状況について言えば、一六八〇年前後の時代、奴隷はいたものの、まだ奴隷制が法的に確立しておらず、黒人については自由黒人もいれば、年期奉公人も、奴隷もいるという風に三様の身分が存在していたらしい。奴隷制が法律として制定されるのはそれぞれの地方によってまちまちで、フランクリンの『アメリカ黒人の歴史』John Hope Franklin, ***From Slavery to Freedom; A History of Negro American*** によると、たとえば、ヴァージニアで奴隷制を認める法律ができたのは一六六一年、メリランドでは一六六三年、ジョージアでは一七五五年に奴隷取締法ができ、ニューヨークでは一六八四年に奴隷制が正当な制度として認められたという。ニュー・イングランドの各植民地では、奴隷貿易は経済生活に不可欠だったが、奴隷制の法的認定はほとんど必要なかったとのことである。

さて、本書の構成については、モリスンの小説らしく、なかなか凝った形を取っている。全体は十二の区分に分かれ、奇数章はフロレンスの意識の流れを写す。彼女は、危険を冒して、夜、沼地のそばの茂みに隠れて文字を教えてくれた神父様のおかげで、どうにか読み書きができる。

しかし、そうした断片的な教育しか受けていないので、文法的に正しい話し方はできず、すべての経緯を現在形で語っている。しかし、過去の事実を語るとき、どこまでも現在形で押し通すと、日本語としては意味がはっきりしなくなるので、翻訳ではところどころ過去形に訳すことにした。残る五区分は三人称の語りの形式で、ヴァーク夫妻および四人の使用人の視点から物語の経緯が明らかにされていく。最終章が語るのは、フロレンスの母ミーニャ・マンイの述懐と娘への愛の言葉である。

最初に登場するのは、主人のジェイコブ・ヴァーク（Jacob Vaak）。彼は孤児で、救貧院育ち。とはいえ、女奴隷が娘を託そうと考えたほど見るからに寛容でやさしく、まじめな農民地主兼貿易商で、使用人を虐待したことはない。しかし、作者は手放しで善人の白人を描いているわけではない。彼はラム酒への投資で金持ちになり、後継ぎもいないのに贅沢な屋敷を建てるが、天然痘に罹《かか》って物語の途中で死ぬ。ラム酒はバルバドスの奴隷労働による生産物であることを思えば、彼がまったく手を汚していないとは言えないだろう。

妻のレベッカ（Rebecca）はロンドンの貧窮家庭に生まれ、一つの屋根裏部屋に八人で暮らすなど惨めな生活をしてきた。十六歳のとき否応なく新大陸に送り出されて、見たこともないジェイコブの妻となった。しかし、夫運がよく、勤勉に働いて新生活を楽しんでいたが、どういうわけか五人の子に恵まれながら幼くして全員に死なれてしまう。夫の死後、同じ天然痘に罹って生死の境をさまよい、九死に一生を得てからは誰彼の区別なく新しい家に入ることを禁じ、使用人への思いやりは忘れて冷たい視線を注ぐ。そうなると、ジェイコブが建てた地方随一の豪邸は、虚栄と偽善と無益さの殿堂にしか見えなくなる。

ヴァーク農場の使用人は、フロレンスとリナという名のネイティヴ・アメリカン、それに船長の娘で、海賊の襲撃か難破かは不明だが乗組員全員がいなくなった衝撃で記憶を喪失し精神に異常を来たした混血の娘、ソローである。リナは主人に忠実でよく働き、サバイバルの術に長《た》け事実上この農園を仕切っているが、ソローのほうは分身と交流することで寂しさに耐え、妊娠を繰り返した末、手伝いの二人の男に助けられて川べりで女児を産む。

ほかに、年期奉公の契約による白人の農奴が二人いる。年上のウィラード（Willard）は、若いとき七年契約でヴァージニアの農園主に売られ、二十一歳になったら自由になれると期待していたところ、盗みや攻撃や逃亡などの違反行為があったからと年期を追加され、初老になったいまもまだ年期が明けない有様だ。二十二歳のスカリ（Scully）は、十二のとき英国国教会の牧師補から学業を教えられ、愛され、裏切られ、鞭打ちの刑を受けたあとこの辺境の地に送りこまれた。二人は隣の農園の農奴だが、地代の代わりとして時折ヴァーク農園の手伝いに来る。だが、禁を犯して天然痘で死んだジェイコブのために墓を掘って埋葬してやり、ソローの赤ん坊を取り上げてやるほど親切で思いやりに富んでいる。

このような各々の使用人の肖像は、当時のアメリカ社会に住む下積みの人々の苦痛と哀歓の見事な描写になっているが、やはり中心となるのは物語の骨格をなすフロレンスの成長と変貌だろう。また、リナもソローも何らかの事件を契機に根本的な変化を経験するという点では、『マーシイ』は成長と変化の物語と言ってもよい。

最初フロレンスは、母親から見捨てられたことが心の傷になって口を開かなかったが、リナの世話と愛情にほだされ、やがて物を言うようになる。ところが、ジェイコブの新居の門とフェンスを作るために鍛冶屋が来ると、その姿を目にした瞬間恋に落ちる。こうして彼女は少女から女に変身するが、鍛冶屋は自由黒人で仕事が終われば去っていく身であり、彼女のほうは奴隷の身分から逃れられない。

女主人となったレベッカが天然痘に罹り鍛冶屋に治療を頼みにいく急使としてフロレンスが選ばれ、彼にたどりつくまでの苦難の旅が物語の骨子になっているが、本書で彼女は三度追放されてまったく別の人格に変わる。一度目は母親による追放。二度目は一夜の宿を求めた未亡人の家で、悪魔ではないかと疑われ、冷たい目で裸の身をくまなく検査された事件。最後は、鍛冶屋に再会して使命は果たしたものの、彼からも追放されてしまう。

フロレンスはこの追放を境にして、人の言いなりになるおとなしく従順な少女から、獰猛で、逞しく、野生で、どんな誘惑にも屈しない自主的な女闘士に変わる。リナの場合、彼女の民族はヨーロッパ人から土地を奪われた上、疫病で大勢の人が死んだため、感染を防ぐという口実で村は焼き払われた。孤児になったリナは長老派教会の人々に引き取られるが、奔放に振る舞ったから屋根の下から追い出され、売りに出された。こうして耐え難い苦痛と寂しさに耐えたあとで、自己改善を成し遂げる。ソローは赤ん坊を産み、母親になった自信でどうにか正常な意識と生活を取り戻す。

では、最後まで視点としては描かれず、各人の見方しか述べられていない鍛冶屋はどう解釈すればよいのか。レベッカは「わたしたち夫婦を、信用できない海のなかでちゃんとした場所に留めておく錨のようなもの」と言うが、リナは彼を怖れ、フロレンスを彼から遠ざけておこうとする。ソローはおできで死ぬところを切開手術をして命を救ってくれた恩人と思い、彼の治療法と親切に感心するものの、時折リナのほうが正しいのだろうかという疑問が湧く。また、未亡人の村では、悪魔が入りこんだからと村人たちが一種の魔女狩りをやろうとするが、その悪魔のことを彼らは“black man”と呼ぶ。これは鍛冶屋の呼称と同じで、象徴的な意味合いが感じられる。要するに、人々はそれぞれに変化と成長を遂げるが、彼はその変化の触媒として描かれているのではなかろうか。終始彼の名前は明らかにされず、「鍛冶屋」という職名で呼ばれているのはそのためかもしれない。

以上、思いつく事柄を簡単に記したが、読者に考えさせる問題が随所に盛りこまれており、この作品もいかにもモリスンらしい好著であると、わたしは思う。

本書の出版にさいして、編集部の山口晶氏に大変お世話になった。紙面を借りて厚くお礼を申し述べたい。

二〇〇九年十二月

訳者略歴　1931年生，早稲田大学大学院文学研究科博士課程修了，早稲田大学名誉教授　著書『トニ・モリスン─創造と解放の文学─』（平凡社）『人物書誌体系35　トニ・モリスン』共著（日外アソシエーツ）　訳書『青い眼がほしい』『パラダイス』『ラヴ』トニ・モリスン（早川書房刊）他多数

マーシイ

2010年1月10日　初版印刷
2010年1月15日　初版発行

著者　トニ・モリスン
訳者　大社淑子《おおこそよしこ》
発行者　早川　浩
発行所　株式会社早川書房
東京都千代田区神田多町2－2
電話　03－3252－3111（大代表）
振替　00160－3－47799
http://www.hayakawa-online.co.jp

印刷所　中央精版印刷株式会社
製本所　中央精版印刷株式会社
Printed and bound in Japan
ISBN978-4-15-209099-7 C0097

## トニ・モリスン・セレクション

ハヤカワ *epi* 文庫

『青い眼がほしい』

大社淑子訳

『スーラ』

大社淑子訳

『ソロモンの歌』

金田眞澄訳

『ビラヴド』

吉田廸子訳

以下続刊

早川書房